「これからよろしくお願いします。
……先輩？」

雪城愛理沙（ゆきしろありさ）

お見合いしたくなかったので、
無理難題な条件をつけたら
同級生が来た件について

「お帰りなさいませ。ご主人様」

モノトーンカラーのエプロンドレス、いわゆる〝メイド服〟を身に纏った愛理沙は、由弦に向かってそう言った。

「お、お菓子をくれなきゃ……
悪戯しちゃうぞ!?」

「由弦さんは私が好きだから、
婚約してくれたんですよね？」
「私のことを愛しているから、
結婚してくれるんですよね？」
「当然だろう」
「政略結婚だからじゃないですよね？」

お見合いしたくなかったので、無理難題な条件をつけたら同級生が来た件について6

桜木桜

角川スニーカー文庫

23479

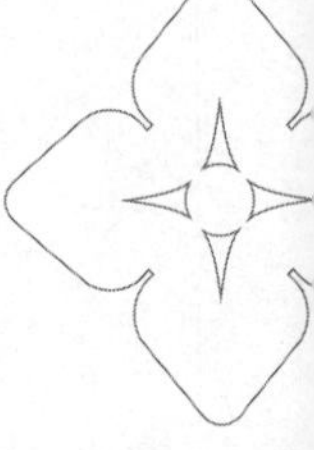

Contents

story by sakuragisakura
illustration by clear
designed by AFTERGLOW

第一章　婚約者との喧嘩

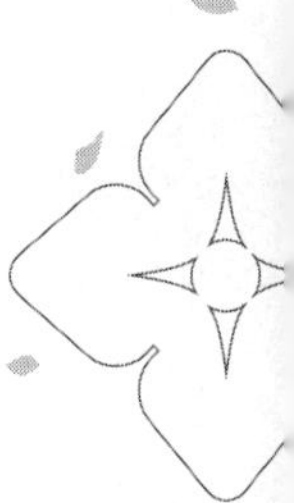

それは夏休み明け、初めての登校日のこと。

「……おはよう、愛理沙」

登校してきた由弦は自分のクラスの少女にそう話しかけた。

亜麻色の髪に、翠色の瞳、メリハリのある身体をした……とても美しい女の子。

雪城愛理沙。

由弦の婚約者であり、恋人だった。

「あ、由弦さん……おはようございます」

由弦の挨拶に対し、愛理沙は少し驚いた様子でそう反応した。

緊張で強張っていた由弦の頬が緩む。

しかし同時に愛理沙はハッとした表情を浮かべた。

それから眉を顰め……

「……今のはなしです」

そう言って顔を背けてしまった。

「えっと、愛理沙……」

「……知りません」

「そう言わずに……」

「……嫌です。話しかけないでください」

愛理沙はチラチラと由弦の表情を窺いつつ、そう言った。

由弦からの何らかの言葉を待っている。

そのように見えた。

これに対し由弦は……

「……ああ、そうか。なら、いいよ」

踵(きびす)を返した。

愛理沙は目を大きく見開き、それから少しだけ悲しそうな表情を浮かべた。

立ち去る由弦の背中に向けて何かを言おうと、その綺麗(きれい)な唇を動かし……

「……知らないです」

そう言って顔を背けた。

二人は席に座ったまま、机に肘を突き、顔を背け合う。

そして時折相手の表情を窺い……

たまに目が合うと、慌てて目を逸らす。

そんな二人の余所余所しい態度とやり取りを見ていた、二人の友人たち――佐竹宗一郎と橘亜夜香――は揃って顔を見合わせた。

「もしかして……」

「あれ、喧嘩か？」

そう……。

由弦と愛理沙は絶賛、喧嘩中だった。

※

昼休み。

（……今日も購買のパンか）

高瀬川由弦は少し気落ちしながら、パンを齧っていた。

それは彼の婚約者……雪城愛理沙が、中々機嫌を直してくれないからだ。

いつもは休日に――休日ではない時でも――由弦の部屋に来て、遊んで、食事を作ったりしてくれるのに。

学校がある日は迎えに来てくれるのに。

弁当だって作ってくれるのに。

「なあ、由……」

「何だよ」

少しイラついた声で由弦は自分に話しかけてきた相手に、聞き返した。

話しかけてきたのは由弦の友人の一人である、佐竹宗一郎と……

「これはまた、いつになくイラついてるなぁ」

良善寺聖だった。

苦笑する二人に対し、由弦はバツの悪そうな表情を浮かべた。

柄にもなく苛立ちを外に出してしまったことを、後悔したのだ。

「一緒に飯、食おうぜ」

「漢水入らずでさ」

「……そういう気分じゃない」

冷たい声でそう返す由弦に対し……

二人は勝手に自分の椅子を持ってきて、彼の机で自分の昼食を広げ始めた。

由弦は眉を顰めるも、まさか二人の昼食を手で払って床に落とす……などということはできないため、黙ってされるがままになる。

「どうして愛理沙さんと喧嘩したんだ？」

開口一番、宗一郎は由弦にそう尋ねた。

由弦は大きく目を見開いた。

「……どうして分かった？」

「分からねぇ方がおかしいだろ」

由弦の問いに聖は苦笑しながら言った。

あれだけラブラブだった二人が、一緒に登校してこない。

それどころか、まともに話もしない。

由弦が愛妻弁当ではなく、惣菜パンを食べている。

名探偵でなくとも、異常事態だということが分かる。

「……俺は悪くない」

二人に言い訳するように由弦はそう言った。

こんなことでいつまでもヘソを曲げる愛理沙の方がおかしい。

そもそも自分は間違ったことを言っていない。

自分は悪くない。

仮に少し悪いところがあったとしても、愛理沙の方が悪い。

……だから由弦の方から謝るつもりはなかった。

「まあー、そうだろうな」

「分かるぜ……女って、理不尽だもんな」

由弦の言葉に宗一郎と聖は同意を示した。

どうして二人が喧嘩をしたのか、当然二人は知らない。

想像もできないし。

しかし由弦がおかしなことをするはずがないと、二人は信じていた。

もし二人が喧嘩をするようなことがあれば、きっと非があるのは雪城愛理沙だと。

……二人にとって由弦の方が友人としての〝歴〟が長いのだから、この判断は当然のものである。

「でもな、いつまでもこのままってわけにもいかんだろ」

「男には自分が悪くないと思っていても、頭を下げなきゃいけない時がある。そうだろう?」

宗一郎と聖に諭すように言われ……

由弦は何とも言えない表情を浮かべた。

きっと、自分が先に謝らないと終わらない。

いつまでも愛理沙と喧嘩したままになってしまう。

それには薄々勘付いていた。

そしてこのまま、時が経過し、二人の関係が風化してしまう恐れがあることも分かっていた。

……それだけは嫌だった。

しかし……

「いや、でも、俺は愛理沙のためを思って……」

「よし、じゃあ聞いてやる」

「話してみろよ。ジャッジしてやるからさ」

宗一郎と聖は笑みを浮かべてそう言った。

由弦は少しだけ心が軽くなるのを感じた。

――友情や愛というものは、金で切れないからこそ尊いし、いざという時に頼りになる。

そんな、いつかの父の言葉が聞こえた気がした。

「実は……」

※

（……由弦さん、謝ってくれればすぐに許してあげるのに）

雪城愛理沙は、自分の婚約者である高瀬川由弦に不満を抱いていた。

二人があることを切っ掛けに喧嘩をしたのが、数日前のこと。

以来、由弦と愛理沙はまともな会話をしていない。

(もう、意地張って……)

愛理沙は自分は悪くないと思っている。

悪いのは酷いことを言った、酷いことをさせようとする由弦だ。

そう信じている愛理沙は少なくとも自分から謝ろうとは思っていない。

しかし謝ってくれるのであれば、許してあげようと思っていた。

きっとすぐに由弦は謝ってくれると、分かってくれると思っていた。

(いや、でも、やっぱり私から……)

しかしここまで由弦が〝謝ってくれない〟のは愛理沙にとっては予想外だった。

すでに愛理沙はかなり焦れていた。

たった数日ではあるが、由弦と過ごせない日々はとても寂しかったのだ。

加えて言いようもない不安、焦燥感にも駆られている。

……こうしている間に由弦が自分以外の女の子に靡いてしまうんじゃないかと。

(で、でも……)

しかし今回に限って、自分の非を認めるのは、愛理沙にとってはとても難しいことだった。

なぜならそれは由弦の主張の正しさを認めることに繋がるからだ。

愛理沙が絶対に嫌なことを、したくないことを、しなければならなくなってしまう。

それだけは愛理沙は避けたかった。

由弦との仲直りと天秤に掛けても、なおも迷ってしまうほど愛理沙にとっては嫌で、辛いことなのだ。

(別に謝らなくても、一緒にお昼を食べるくらいなら……)

実は由弦への弁当を作って来ていた愛理沙は、ついに決心して立ち上がった。

由弦に声を掛けようとして……

「あーりーさーちゃん！」

「あそびまっしょ！」

突然、何者かに胸を揉まれた。

「っきゃ！」

思わず愛理沙の唇から悲鳴が漏れる。

振り向くとそこには愛理沙の友人……橘亜夜香と上西千春の二人がいた。

「な、何なんですか!?」

愛理沙が顔を赤らめて尋ねると、もう一人の少女が答える。

「一緒にお昼でも、と思って」

天香は亜夜香と千春の二人を愛理沙から引き離しながらそう提案する。

彼女たちの提案に対し、愛理沙はしばらく考えてから……

「……分かりました、いいですよ」

頷いた。

「いやぁー、私も料理には自信あるけど……愛理沙ちゃんも中々だね？」

「和食じゃ勝てませんね」

「この里芋の煮っころがし、美味しいわね」

亜夜香たち三人は愛理沙の作った弁当を食べながらそう言った。

愛理沙が由弦のために――由弦が謝ってきたら、食べさせてあげようと思っていたのだ――作った弁当だ。

このままでは無駄になってしまうと考え、三人に振る舞ったのだ。

「ええ、それほどでも……」

料理を褒められるのはやはり嬉しい。

愛理沙は表情を緩めるが……

「こんな美味しいお弁当を毎日食べられるゆづるんは、幸せものだねぇ」

「……」

亜夜香の言葉に愛理沙は表情を曇らせた。

そんな愛理沙の分かりやすすぎる態度に三人は顔を見合わせる。

「愛理沙さん……どうして喧嘩したんですか？」

「へ……!?　な、何のことですか？　ゆ、由弦さんと私は喧嘩なんて、してないですよ!?」

千春の単刀直入な問いに対し、愛理沙はあからさまに動揺した。

そんな愛理沙に天香は苦笑いを浮かべながら……

「……誰も高瀬川君とあなたが喧嘩したとは、言ってないと思うけれどね？」

そう指摘した。

誤魔化(ごまか)せないと観念した愛理沙は小さく肩を下ろす。

「……何があったの？　愛理沙ちゃん」

亜夜香は優しい声音で愛理沙にそう語り掛けた。

愛理沙は少し迷った表情を浮かべ……

「……相談に乗って、くれますか？」

上目遣いで尋ねる。

すると三人は……

「「「もちろん」」」

揃(そろ)ってそう答えてくれた。

愛理沙は少しだけ心が軽くなるのを感じた。

「些細(ささい)なことなんですけれど……」

「うん、うん」

「喧嘩の切っ掛けはそういうものです」

「それでそれで」

愛理沙は少しだけ言い淀んでから答えた。

「その何と言うか、私がしたくないことを、由弦さんはして欲しいみたいで……」

愛理沙のその言葉に三人は揃って額に手を当てて、天を仰いだ。

——あの童貞、やらかしたかぁ……——

そんな表情だ。

「高瀬川君が、ねぇ……紳士なイメージがあったけど……」

「まあ、所詮は男だよ、男」

「悪い意味で遠慮がなくなってしまったのかもしれないですねぇ」

天香、亜夜香、千春は揃ってそう考察した。

三人の言葉に愛理沙は頷く。

「はい、それで……私、イヤって言ったんですけれど、由弦さんはどうしてもして欲しいというか……私のことを少し揶揄ったりしてきて……それで喧嘩になっちゃったというか……」

愛理沙はポツポツと経緯を話していく。

話しているうちに思い出してしまったのか、その表情は酷く辛そうだ。

「ぐすっ……私、嫌なのに……」

「……ゆづるんは何を要求したの？」

少し怒った表情で亜夜香は愛理沙にそう言った。

こんな可愛い女の子を悲しませるなんて！　と義憤に駆られているようだ。

「そ、それは……」

愛理沙は口を開く。

そして偶然にも……


丁度、友人たちと昼食を食べていた由弦と、全く同じタイミングで言った。

「流行前にインフルエンザのワクチンを打てって……」

「インフルエンザワクチン、打ちたくないって言うんだよ」

「「「「……は？」」」」

「だから、注射ですよ。注射！」

「注射、怖いって言うんだよ！　いい年して！」

※

時を遡ること数日……

「やっぱり愛理沙の作る料理は最高だな」

素麺を食べながら由弦はそう呟いた。

これに対し愛理沙は苦笑を浮かべた。

「……素麺なんて大差はないと思いますけれど」

「素麺というよりは君の作る麺つゆが美味しい」

素麺は市販の物だが、麺つゆは鰹節や昆布からダシを取って作った愛理沙のお手製だ。

市販の薄めて使用する麺つゆと比較して、旨味や香りが僅かに違う。

この僅かな違いが美味しさに繋がっている。

「そう言ってもらえると嬉しいです」

由弦の言葉に愛理沙は顔を綻ばせた。

普通なら市販品で済ませるような物を、わざわざ手作りするのだ。

そこには当然、愛理沙なりの拘りがあり……

それを褒めてもらえるのは嬉しいことなのだろう。

「しかし……そろそろ素麺の季節も終わりか」

「もうすぐ九月ですもんね」

由弦の言葉に愛理沙は同意するように頷く。

もっとも、最近の九月はまだまだ暑いので、とても秋とは言えない。

秋を感じられるようになるまでには、あと一月以上は掛かるだろう。

「そしてあっという間に冬ですよ」

「鍋料理、楽しみにしてる」

「……ちょっと、気が早いですよ？」

蟬が鳴いている中、鍋の話をするのはあまりに気が早いと言える。

「でも……私も由弦さんとの冬、楽しみにしています」

「それはまた、どうして？」

「……恋人として冬を過ごすのは、初めてかなって」

由弦と愛理沙が恋仲になったのは、今年の春頃からだ。

だから恋人にとって大事な日と言える冬のイベント――例えばクリスマスなど――は未経験だ。

「それに修学旅行もありますよね」

「修学旅行か……一緒の班になれるといいんだけど」

できれば一緒の部屋がいい。

と、由弦は思っていたが、どう考えてもそれは認められない。

期待するだけ無駄だ。

「楽しいこと、いっぱいありますね！」

嬉しそうに愛理沙は微笑んだ。

そんな愛理沙を見て、由弦も嬉しい気持ちになる。

冬はあまり好きではない。

そう言っていた愛理沙はすでに過去の物。

そしてそれを過去にできたのは自分だと……彼女を幸せにすることができたのは自分だと、実感できたからだ。

「でも風邪には気を付けないと」

「今度は私が看病してあげますよ」

「……汗を拭いてくれって頼んだら、拭いてくれる？」

「えっ？　そ、それは……もちろん……」

愛理沙は少し頰を赤らめながら頷いた。

自分の大胆な行動を思い出し、恥ずかしくなったのか。

それとも由弦の裸体を想像してしまったのか……

おそらく両方だろう。

「まあ、風邪を引かないのが一番だけど」

「そ、そうですね！」

「インフルエンザにだけは罹りたくない。予防接種も受けないと」

何気なく由弦がそう言うと……

愛理沙の表情が僅かに強張った。

「予防接種……ですか」

「うん……愛理沙も毎年、してるだろ？」

「いえ……私は、その、受けてないです」

愛理沙の言葉に由弦は少しだけ驚く。

もちろん、インフルエンザの予防接種を受けない人がいることは由弦も理解しているが……

受ける方が多数派だとも考えていた。

「それはどうして……？　注射を打つと、体調が悪くなるタイプか？」

実は由弦も注射を打つと、少しだけ眩暈がしたりするタイプだ。

倒れるほどではないが、あまり良い気分にはならない。

「い、いえ……どうでしょうか？　しばらく、注射をしたことはないので……」

「……どうして？」

「そ、それは……怖いじゃないですか」

少し恥ずかしそうに愛理沙はそう言った。

高校生にもなって……

と、由弦は思わず思ってしまう。

もっとも愛理沙は暗いところが苦手だったり、山葵(わさび)がダメだったりと、子供っぽいところがある。

そういうところもまた可愛らしい。

由弦は思わず笑ってしまった。

「……何を笑ってるんですか」

「いや、可愛いなと思って」

由弦に笑われたのが、少し気に障ったらしい。

愛理沙はムスッとした表情を浮かべた。

そんなところも可愛らしい。

可愛らしいが……

「……できれば、打って欲しいんだけどな」

「……え？　な、何でですか⁉」

由弦が呟くように言うと、愛理沙は少し動揺した様子でそう言った。

そんなことを言われるとは思ってもいなかったのだろう。

「いや、だって愛理沙が罹ったら、俺も罹るかもしれないし……」

「そ、それは……気を付ければいいだけじゃないですか！」

「それはそうだけど、罹る時は罹るし……それに、ほら。今年はいいけど、来年は受験じゃないか」

大切な受験の時期にインフルエンザに罹ることだけは避けたい。

受験日に罹ってしまうと取り返しがつかないし、そうでない日でも一度崩した調子を戻すのは大変だろう。

健康なのが一番だ。

「い、いや、でも……」

「試しに打ってみたりしない？」

「い、嫌です！　無理です！」

「……最近はそんなに痛くないよ？」

「嘘です！　針を刺したら痛いに決まってるじゃないですか！」

「痛くないところ、紹介しようか？」

「絶対に嫌です！」

「もう高校生なんだし、注射くらい克服したら……」

「あー、聞こえない。聞こえないです!!　知りません!!」

愛理沙は耳を塞ぎ、その場から逃げてしまう。

そんな愛理沙を説得するために、由弦は後を追い……

これが二人の喧嘩(けんか)の始まりだった。

※

「というわけなんだけど……」

「というわけなのですが……」

さて、由弦と愛理沙の言い分を、ほぼ同時刻に聞いた二人の友人たちは……

揃(そろ)って呟いた。

「「「「く、くだらなすぎる……」」」」

※

「「く、くだらなすぎる……」」

　宗一郎と聖は揃って呆れ顔をした。

　これに対し由弦は慌てて取り繕うように言った。

「い、いや……確かに俺もくだらないと思うよ。だから……こんなくだらないことで意地を張る愛理沙がおかしいと思わないか？」

「お前も十分に意地を張っていると思うが……」

「……打ちたくないなら、打ちたくないでいいじゃないか。打っても罹る時は罹るだろ」

　宗一郎と聖の言葉に由弦は僅かに表情を歪ませた。

　それから言い訳するように言葉を紡ぐ。

「別に……無理強いはしてない。おすすめしただけだし。愛理沙が打ちたくないなら、打たなきゃいいと……俺は言ったぞ。でも、そう言ったら、愛理沙はまた怒りだして……」

　何ですか、その言い方！

　と、余計に拗ねてしまった愛理沙の表情を由弦は思い出した。

「むっ……そうなのか？　無理強いしてないなら、お前に非はないな……」

由弦の主張に対し、同情の色を見せる聖。

一方で宗一郎は大きなため息をついた。

「はぁ……分かってないな。お前らは」

「……何をだ？」

「女心だ」

「「……」」

だって俺たち、男だし。

と、由弦と聖は揃ってそんな表情を浮かべた。

「女の子はな、共感して欲しいんだよ。この場合、愛理沙さんは注射が怖いという気持ちに共感して欲しかったんだよ。お前がそう思うならそれでいいんじゃないの、俺は知らねえけどなんて言い方したら、そりゃ怒られるだろ。まだ無理強いしていた方がマシだぞ」

注射を打つことを勧める。

というのは裏返せば彼女の体調や健康を心配している、気に掛けているとも言える。

対して、「やりたくないならやらなければいい」という言い方は、「お前のことなんかどうでもいい」と言っているに等しい。

と宗一郎は語った。

「な、なるほど……深いな」

言われてみれば少し投げやりな言い方をしてしまったかもしれない。

それで愛理沙を傷つけてしまったかもしれない。

由弦は反省する。

「……それで、その、俺はどうすればいいんだ？」

「まずは謝れ。その上で愛理沙さんを気遣った上での発言だったと弁解してから、無理強いするつもりはないことをあらためて伝えろ」

「いや、そうじゃなくてさ……」

俺が聞きたいことはそういうことじゃない。

と、言いたそうな由弦の言葉に宗一郎は眉を顰めた。

「何を聞きたいんだ？」

「……どうやって愛理沙に切り出そうかなって」

由弦は少し恥ずかしそうに頬を掻きながらそう言った。

謝りたくても謝れない。

由弦にとってそこが一番の難所なのだ。

謝罪の内容は二の次だ。

「……それくらい自分で考えろ」

一方で由弦の気弱な発言に、宗一郎は呆れ顔をしてそう言った。

謝る方法など、相手に「ごめんなさい」と告げる以上に存在しない。

アドバイスの仕様がない。

「そ、そう言うなよ……なあ、聖、お前はどうすればいいと思う？」

「え？　あっ、うーん、そうだなぁ……」

由弦に話を振られた聖は顎に手を当てて考え込む。

聖はどちらかと言えば由弦と同じ側……〝女心が分からない人間〟に分類される。

そしてまた恋愛経験も少ない。

だからこそ、「好きな子に謝りたくとも謝れない」という由弦の気持ちには共感する物があった。

「直接、面と向かって言うのが難しいなら……メールで、とか？」

「メールか……？　でも、メールは不誠実だと思われないか？」

「うーん、なら話がしたいから時間をくれって送るのはどうだ？　……送ったからには、謝らないわけにはいかなくなるだろ？」

「それは……そうだな」

ある意味、背水の陣のような作戦ではあるが……

今、由弦にもっとも足りていないのが勇気と覚悟である点を考えれば、上策のように思われた。

「なら、決まりだな。送っちまえ」

「ああ、分かった。……え、今？」

「今やらなかったら、お前、いつまでもやらないだろ」

「い、いや、でも、心の準備が……」

「早くしろよ」

聖に急かされた由弦は、助けを求めるように宗一郎の方を見た。

これに対して宗一郎は……

「メールが嫌なら、今から直接、謝りにいけばいいんじゃないか？」

あっさりと突き放した。

「……分かったよ」

覚悟を決めた由弦は携帯を取り出した。

愛理沙あてのメール文を打ち込み、何度も修正を繰り返し……

五分後、完成したそれを宗一郎と聖に見せた。

「どうかな？」

――今日の放課後、話したいことがある――

熟考を重ねた割にはとても簡潔で、淡泊な文章だった。

宗一郎と聖は揃って頷いた。

「いいんじゃないか？」

「早く送信しろ」

「……ああ」

由弦はメールを送信した。

じっと、画面を見つめていると……

「わぁぁあ！」

「……どうした？」

「何があった⁉」

「き、既読がついた……」

由弦は思わず息を飲んだ。

既読がついたということは、すでに愛理沙は由弦の送ったメールを見たということだ。

これで謝らないわけにはいかなくなった。

「……」

しかし既読がついても、中々返事が来ない。

由弦の背中を嫌な汗が伝う。

……もしかして、愛想を尽かされてしまったのではないか。

そんな不安が首をもたげてくる。

「な、なあ……俺、フラれたかな？」

「まだ一分も経ってないだろ」

「あっちもどう返信するか、悩んでるんだろ。もう少し待てよ」

さて、由弦が焦燥と不安で戦うこと、約五分……

「わぁああ!!」

「……どうした？」

「何があった⁉」

宗一郎と聖の問いに対し、由弦は震える声で答えた。

「……返信が来た」

――分かりました――

そんな短い文章が画面に写っていた。

※

「「く、くだらなすぎる……」」

亜夜香たち三人は揃ってそう言った。

喧嘩の切っ掛けもくだらなければ、そのやり取りもくだらない。

深刻に考えて損したと、三人は思った。

「く、くだらないって……わ、私は真剣です!!」

必死にそう訴える愛理沙に対し、亜夜香は肩を竦めて言った。

「冬になったら打てばいいじゃん。はい、解決」

「嫌だって言ってるじゃないですか！」

そう主張する愛理沙に対し千春は尋ねる。

「愛理沙さんって、反ワク派だったりするんです？」

「い、いや、別にそういうわけじゃないですけど……」

そこで天香が尋ねる。

「じゃあ、何が嫌なの？」

「そ、それは……い、痛いし……」

そんなことだろうなと三人は思った。

三人も注射は打てるが、しかし大好きというわけではない。

苦手な人がいることは知っている。

「まあ、打たなかったから死ぬってわけでもないし、打ったからって罹らないわけでもないからねぇ。打つ打たないは愛理沙ちゃんの自由だと私は思うけれど……ゆづるんに強要

たせるような真似をする男ではないと思っていた。
愛理沙のおっぱいを強引に揉もうとすることはあるかもしれないが、無理矢理注射を打
だが、幼馴染みである亜夜香が知る限り、高瀬川由弦はそういう人間ではない。
愛理沙の言い方では由弦が注射を打つように強要したように聞こえる。
されたの？」

……なお、愛理沙のおっぱいを強引に揉もうとすることはあるかもしれないと思ってい
るのは、亜夜香自身が揉みたいと思っているからだったりする。

「い、いや……別にそういうわけでもないですけれど……」

「じゃあ、どういうわけなんです？」

千春が首を傾げる。

「君が打ちたくないなら、打たなくて良いよって、ため息ついて。それが何と言うか、モ
ヤッとしたというか……」

「あぁー、まあ、それはちょっとムカつくわね」

天香は愛理沙の言葉に同意するように頷いた。

注射が怖いから嫌という気持ちを理解してくれたわけではなく、ただ呆れて諦めただけ。

そんな態度を取られるのは確かに腹が立つ。

……もっとも、天香も正直、注射が怖いという理由で彼氏と喧嘩する女の気持ちは理解できなかったが。

「暗いのが怖いって言った時は、一緒に添い寝してくれたのに……」

「サラッと惚気ますねぇー」

ちょいちょい惚気エピソードを挟む愛理沙に千春は呆れ顔だ。

そんなに仲が良いなら、とっとと注射でも何でも打って仲直りすれば良いんじゃないかと千春は思ってしまう。

「私たちは愛理沙ちゃんの気持ち、分からないでもないけどさぁー。でもきっと、ゆづるんは分かってないよ？」

「……やっぱり、伝わってないのでしょうか？」

「男だからね。言葉にしてない気持ちは一割くらいしか伝わってないと思ってた方がいいよ」

亜夜香は肩を竦めてそう言った。

一方で愛理沙は肩を落とす。

「う、うーん……じゃあ、どうすれば……」

「伝えるしかないんじゃない？」

天香がそう言うが愛理沙は首を左右に振った。

「今更……。無理です」

「無理ってことはないでしょ。言わないと伝わらないんじゃない？　言った方がいいと思うけど……」

「……面倒くさい女だと思われたら、嫌じゃないですか」

もうすでに十分、面倒くさい女だよ。

三人は思ったが言わなかった。

人間関係というのは、何でも正直に伝えれば良いというものではないのだ。

しかし、案外言葉にしなくとも通じる時はあるもので……

「……やっぱり、面倒くさい女ですよね」

「「「……」」」

亜夜香たちは何も言わなかった。

無言の肯定だ。

愛理沙が小さくため息をつくと……

同時に携帯が音を鳴らした。

「こんな時に……ひゃっ!!」

思わず愛理沙は声を上げた。

亜夜香たちがどうしたのか？　と尋ねると、愛理沙は強張(こわば)った表情のまま、無言で携帯の画面を見せた。

　――今日の放課後、話したいことがある――

　由弦からのメールだった。

「良かったじゃん、愛理沙ちゃん……ゆづるん、謝ってくれるんじゃない？」

　そう言えばあちらには宗一郎と聖がいたなぁ……

　と思いながら亜夜香はそう言った。

　二人が愛理沙の気持ちに気付き、由弦に伝えた可能性は高い。

「そ、そうでしょうか……」

「それ以外にないと思うけど。……何が不安なの？」

　天香が尋ねると、愛理沙は酷く不安そうな表情を浮かべながら答える。

「……別れ話の可能性もあるかなって」

「まあ、ないと思いますけどね。でも、別れたくないなら、なおのこと話を聞くべきですし……早く返信した方がいいですよ？」

「えっ、あ、はい！」

　千春の忠告に愛理沙はハッとした表情を浮かべた。

　震える手で携帯に文字を打ち込み、そして消すことを繰り返す。

　何度も何度も繰り返し……

――分かりました――

「こ、これで……大丈夫でしょうか？」

「いいんじゃない？」

「じゃ、じゃあ、送りますよ……？」

「送ればいいんじゃないですか？」

「もう少し、詳しく書いた方が……」

「それよりも早く返信した方がいいんじゃない？　既読無視だと思われていいならいいと思うけど……」

「お、送ります!!」

こうして愛理沙は由弦にメールを送ったのだった。

※

さて、放課後……

「あー、えっと、その……愛理沙」

ホームルーム後、由弦は少し間を空けてから愛理沙に話しかけた。

「……はい」

短く愛理沙はそう返事をすると、由弦の顔を見上げる。

続きを促されていると察した由弦は少しだけ動揺する。

……この後のことを何も考えていなかったからだ。

「えっと……一緒に帰らないか？　……この場じゃ、話せないから」

さすがにまだ人がいる教室で、謝罪や弁明をする勇気は由弦にはなかった。

愛理沙もまたプライベートな喧嘩の内容に聞き耳を立てられたりするのは嫌だろうという判断だ。

「……」

しばらくの沈黙の後……

「分かりました」

愛理沙は頷いた。

由弦と愛理沙は二人で並んで歩き始める。

一先ず校門を出て、それから普段の二人の下校ルートを少し歩きながら……

（こ、この後、どうするか……）

由弦は必死に考えていた。

下校中、公道の歩道は謝罪をするのに相応しい場所ではないと由弦は思っていた。

……宗一郎や亜夜香たちならば、つべこべ言わずに謝れよと言うだろう。

要するに由弦はまだ覚悟ができていなかった。

「……」

由弦はチラッと愛理沙の表情を窺う。

しかし愛理沙は先ほどからずっと俯いており、その表情を確認することはできなかった。

次に由弦は周囲の景色を確認する。

すると近くに喫茶店を発見した。

「……愛理沙」

「はい」

由弦が呼びかけると、愛理沙はパッと顔を上げた。

顔を強張らせ、緊張した表情の愛理沙に対し、由弦は喫茶店を指さしながら言った。

「あそこ、入らないか？」

（……食べ終えてしまった）

ケーキを食べ終え、珈琲を飲みながら由弦は内心でそんなことを呟いた。

入店してから食べ終えるまで、二人の間の会話は全くなかった。

（いつまでも逃げてちゃ、ダメだよな……）

由弦はそう思い、カップを置くと愛理沙の方を向いた。

丁度、愛理沙と目が合ってしまう。

ドキッと由弦の心臓が跳ねる。

しかし緊張を飲み込み、由弦は口を開いた。

「「あ、あの……」」

そして同時に愛理沙も口を開いた。

二人は慌てて口を噤む。

そしてしばらく間を空けて……

「何だ……？」

「何でしょう……？」

再び同じタイミングでそう言ってしまう。

「あ、愛理沙から……」

「いえ……由弦さんから。……呼び出したのは、由弦さん、ですよね？」

「……そうだね」

由弦は頷いた。

一度天を仰ぎ、それからあらためて愛理沙に向き直ると……

「ごめん。君の気持ちにちゃんと寄り添えていなかった」

謝罪した。

「その……本当に無理強いするような気持ちはなくて、君が怖いなら無理をする必要はないと思う気持ちは本当で……えー、ただ、あくまで少しおすすめするくらいの提案というか……」

何通りも作ったはずの謝罪の言葉は、すでに由弦の頭から抜け落ちてしまっていた。

ひたすら言い訳をするように弁明と、そして自分の考え……

そして愛理沙と仲直りしたいという気持ちを由弦は伝えようとする。

それに対して愛理沙は……

「いえ、私も……すみませんでした」

頭を下げた。

「その、高校生にもなって……注射が怖いなんて、恥ずかしいことだなと……思ってて。何と言うか、勝手に馬鹿にされた気持ちになっていたというか……本当にすみません。面倒くさい理由で拗ねて……これじゃあ、子供みたいですよね？」

愛理沙は恥ずかしそうにそう言った。

由弦はそんな彼女に対し首を左右に振った。

「そんなことないよ」

「……本当にそう思ってます？」

「えー、あー、いや、思わないこともないけど……」

由弦は僅かに目を泳がせた。

「でも、そういうところも可愛いなって……」

「……やっぱり、馬鹿にしてます？」

「い、いや……そういうことじゃなくて……」

「ふふっ……」

由弦が焦った様子で弁解をしようとすると、愛理沙は楽しそうに口元に手を当てて笑った。

揶揄われたことに気付いた由弦は少しだけムッとした。

「……でもまあ、高校生にもなって、注射が怖いというのは、どうかと思うけれどね？」

「高校生にもなって、自分でお片付けできない人に言われたくないです」

「い、いや……最近はちゃんとできてるだろ⁉」

「嘘ばっかり。私が行く直前に、押し入れの中に全部放り込んでるでしょう？」

「そ、そんなことは……」

散らかったものを強引に押し入れに放り込み、適当に掃除機を掛けて誤魔化す。

というのが由弦の掃除だ。

見かけの上では綺麗になっているので、誤魔化せていると思っていたようだが……

見抜かれていたみたいだ。

「由弦さんは私がいないとダメみたいですね」

「ま、まあ、否定はしないけど……でも前よりは進歩していると自分では……」

「じゃあ、これから確認に行きましょうか」

「え？　こ、これから……？」

「ダメですか？」

「ダメじゃないけど……その、十分だけ……」

「……その言い方だと、やっぱり散らかってるんですね」

「い、いや、そんなことはないけどさぁ……」

　こうして二人は仲直りした。

閑話　婚約者と仲直り記念デート

仲直りの記念にデートをしよう。

由弦と愛理沙の二人の間にそんな合意が形成された。

どちらかと言えばデートの名目に「仲直り」を持ってきているだけの気もするが……

それはともかくとして。

問題は場所である。

「愛理沙はどこに行きたい？」

「うーん……特別に行きたいという場所はないんですよね。由弦さんは？」

「俺は君と一緒ならどこでもいいよ」

「つまり特に行きたい場所もないということですね」

場所が決まらない。

美術館、博物館、水族館など近所の安価に利用できる施設はすでに何度も足を運んでいる。

もちろん、飽きたというわけではないがせっかくの〝記念〟なので少し特別なところに行きたいというのが本音だ。

「とりあえず、面白そうな場所がないか調べてみるか」

「そうですね」

二人で携帯を使い、検索を掛ける。

○○駅周辺　デートスポット　おすすめ。

と、そんな感じで調べていると……

「むっ……」

「どうした？　愛理沙」

「……ここ、どうですか？」

愛理沙はそう言うと由弦に携帯の画面を見せてきた。

最寄り駅から、二駅ほど離れた場所にある喫茶店のようだった。

しかし普通の喫茶店ではない。

「猫カフェか」

由弦は呟くと、愛理沙の顔を見た。

愛理沙は目を輝かせながら、じっと由弦の方を見ている。

行きたい!!　と、目で訴えているのが分かる。

「ど、どうでしょう？」

由弦の返答に愛理沙は嬉しそうに目を輝かせたのだった。

「ありがとうございます！」

特別、反対する理由はなく、大きく頷いた。

由弦は猫よりは犬派ではあるが、猫も嫌いではない。

「面白そうだし、そこにしようか」

※

こうして当日、二人は猫カフェにやってきた。

店内は開放的な作りになっていて、そこかしこに猫が跋扈(ばっこ)している。

「わわ……由弦さん！　猫ちゃんがいますよ!!」

愛理沙は大興奮という様子で由弦の服をぐいぐいと引っ張った。

猫カフェなんだから当たり前じゃないか。

と思う一方で、由弦も少し興奮していた。

これだけたくさんの猫に囲まれるのは由弦も初めてだ。

なお、触れ合いスペースと飲食スペースは分けられているらしく……

猫と触れ合いながら飲食することはできないようだ。

二人の目的は飲食ではなく、猫である。

そういうわけで二人は飲食はせず、触れ合いスペースに直行した。

一先ず、適当な席に座り、猫たちの様子を眺める。

猫たちは由弦と愛理沙を気にすることなく、のんびりと過ごしている。

「さ、触りにいってもいいんですよね⁉」

「いいんじゃないか？」

追いかけるな、無理に触るな、強引に抱っこをするな……

とは言われているが、自分から近づいてはいけないとまでは言われなかった。

そもそも、触り方のコツとして「視線を猫の高さに合わせて、ゆっくりと近づいてください」という感じの説明を受けたので、一応自分から触りに行くことは店のルール上、想定されているようである。

（まあ、そもそも自分から行かないと、絶対に触れないだろうし……）

初対面の人間に撫でられに来るほど、愛想の良い猫がいるとは由弦には思えなかった。

さて、由弦が見守る中、愛理沙は猫に近づいていくが……

猫たちは愛理沙の顔をチラッと見上げると、そさくさと距離を取ってしまう。

そのたびに愛理沙は悔しそうな表情を浮かべる。

（猫なんてそんなものだよなぁ……」

やっぱり犬の方が友好的で好きだ。

などと由弦が思っていると……

「ん……？」

足に何かが触れた。

見下ろすと一匹の猫が由弦のズボンを爪で引っ掻いていた。

一応、猫に引っ掻かれても問題のない服を着てきたが、しかし引っ掻かれたいわけではない。

「ちょっと、やめてくれないか？　君……」

由弦は猫に苦言を呈するが、しかし猫に由弦の言葉が理解できるはずもない。

追い払おうと由弦が席から下り、膝を曲げて身を屈めると……

「お、おっと……」

猫はそんな由弦の膝の上に飛び乗ってきた。

そして我が物顔で寛ぎ始める。

「構って欲しかったのか……？」

とりあえず、由弦は猫の頭を軽く撫でてみた。

猫は特に嫌がる様子は見せず、それどころか大きな欠伸をしてみせた。

「ゆ、由弦さん……？」

と、そこで愛理沙がやってきた。

憔悴した表情で愛理沙は由弦に尋ねる。

「ど、どうやりましたか……？」

「どうと言われても……」

猫の方から寄ってきただけだ。

と、由弦が伝えると愛理沙は「納得できない！」という表情を浮かべた。

「私……猫に嫌われるタイプなんでしょうか……？」

思い悩んだ表情の愛理沙に対し、由弦は苦笑する。

「ま、まあ……猫は気紛れな生き物だから。……とりあえず、触ったら？」

「……逃げませんかね？」

「気にしても仕方がないだろう」

由弦がそう言うと、愛理沙は意を決した表情を浮かべた。

ゆっくりと、慎重に由弦の膝の上の猫に手を伸ばす。

そして優しく撫でると……

「か、可愛いです……」

猫は逃げなかった。

今までと特に変わらず、由弦の膝の上で寛いでいる。

猫が逃げなかったことに気を良くしたのか、はたまた自信を付けたのか……

段々と愛理沙の手つきは大胆になっていった。

「わぁ……今、ゴロゴロ言いました！」

愛理沙は嬉しそうに微笑（ほほえ）んだ。

普段の由弦に向ける笑顔とは少し異なる、にへらとした蕩（とろ）けた表情だ。

さて、嬉しそうに猫を撫でる愛理沙とは対照的に……

由弦は少し手持ち無沙汰になっていた。

さすがに二人がかりで撫でられれば猫は嫌がるだろう。

しかし近くに別の猫はいないし、膝の上に居座られている以上別の猫を探しに行くこともできない。

だが、今の状況は少し暇だ。

そこで由弦は猫とは別の物を撫でることにした。

「……由弦さん？」

愛理沙は困惑の表情を浮かべた。

というのも、由弦が撫でたのは愛理沙の頭だったからだ。

「気にしないでくれ」

由弦はそう言いながらいろいろな方法で愛理沙を撫でていく。

よしよしと撫で回したり、髪を梳いてみたり……

それから頬、首回り、顎下を撫でる。

「ゆ、由弦さん……ちょ、ちょっと……」

顔を赤らめ、恥ずかしそうに身悶える。

それでも抵抗を見せない。

猫を驚かさないようにするためか、それとも……

「気持ち良くない？　嫌ならやめるけど……」

由弦は真っ赤に染まった愛理沙の耳を撫でる。

耳たぶは柔らかく、とても感触が良い。

「い、嫌ではないですけれど……」

恥ずかしそうに愛理沙は身悶えた。

嫌ではないのであればと、由弦は遠慮なく愛理沙を撫でることにする。

その後も愛理沙は擽ったそうに、恥ずかしそうにしながらも……

しかし由弦を拒絶することはなかった。

こうして愛理沙は猫を、由弦は愛理沙を撫で続けるのだった。


そしてデートを終えた……帰り道でのこと。

「中々良かったね、猫カフェ」

由弦は満足そうな表情で愛理沙にそう言った。

愛理沙もまた満足そうな表情を浮かべていたが……

「……由弦さんは猫よりも、私を撫でていたじゃないですか」

由弦に対して苦笑しながらそう言った。

「猫よりも君の方が可愛いから」

「……何を言ってるんですか、もう」

愛理沙は呆れた表情を浮かべる。

しかし〝猫よりも可愛い〟と評されて、満更でもなさそうだ。

愛理沙にとって猫は何よりも可愛い生き物なのだから、それよりも可愛いと評されるのは最上の誉め言葉なのだろう。

「私なら……猫カフェに行かずとも、いくらでも撫でさせてあげますよ」

「本当に？　いつでも……？　どこでも……？　どんなところでも……？」

由弦が指を動かしながらそう言うと……愛理沙はサッと由弦から距離を取った。

そして胸を隠しながら由弦を睨む。

「む、無制限ではないです！　人の目があるところとか、そういう時はダメです。……えっちな場所もダメです！」

「別にえっちな場所を撫でるとは言ってないけど……」

墓穴を掘った？

とでも言うように由弦が尋ねると、愛理沙は顔を赤らめた。

「ゆ、由弦さんは……えっちな人なので、ダメと言わないと触ってくると思ったんです！」

「ひどいなぁ……」

そんなやり取りをしているうちに愛理沙の家の前に到着した。

「送ってくださってありがとうございます」

「ああ、じゃあ、また明日」

由弦はそう言うが……

しかし愛理沙は家の中に入る様子を見せない。

チラッと由弦の顔色を窺い……

それから少しして、自ら両手を広げた。

「……お別れのハグがまだです」

「おお、そうだった」

由弦はわざとらしくそう言うと、愛理沙をギュッと抱きしめた。

しばらく抱きしめてあげると、愛理沙はじっと由弦の顔を見上げた。

「どうしたの？」

「えっと、その……」

恥ずかしそうにモジモジとした表情を見せる愛理沙。

あまり焦らしすぎるのも可哀想だと思った由弦は愛理沙に尋ねた。

「お別れのキス……？」

愛理沙は無言で小さく頷くと、軽く目を瞑り、つま先立ちをした。

由弦はそんな愛理沙を支えてあげながら……

唇に軽く接吻した。

唇を離し、それから少し距離を取る。

愛理沙の顔は真っ赤に染まっていた。

「では、あらためて。……また明日」

「はい。……由弦さん」

由弦はお別れの挨拶をすると、愛理沙に背を向け、その場から立ち去った。

「……」

愛理沙は立ち去る由弦の背を、無言で見送る。

唇に指で触れながら、少しだけ物足りなそうな表情を浮かべていることに……

由弦が気付くことはなかった。

※

由弦と愛理沙が〝仲直り〟をしてからしばらくした日の昼休み。

由弦は宗一郎、聖の二人と共に昼食を食べていた。

もちろん、愛理沙と喧嘩したわけではない。

事実、今日の由弦の弁当は愛理沙が作ってくれた手作り弁当だ。

由弦にとっても愛理沙にとっても友人付き合いは大切だし、たまには男同士、女同士、語り合いたい時があるのだ。

「それで仲直りはできたのか？」

聖の問いに由弦は頷いた。

「ああ。……心配かけたな。助かった」

由弦がお礼を口にすると……宗一郎は大きく頷いた。

「全くだ。……こちらはお前たちが結婚することを前提に、いろいろ考えてるんだからな」

宗一郎の一族……佐竹家も高瀬川家とは関係が深い。

そもそも宗一郎の弟は由弦の妹の婚約者候補である。

由弦と愛理沙……高瀬川家と天城家の政略結婚を前提として、佐竹も動いている以上、この辺りの前提条件が崩れるのは今後の活動に影響が出るのだろう。

「……別に破談になるほどの話でもなかっただろ」

とはいえ、由弦としてはそこまで心配されるのはさすがに心外である。

確かに少しだけギクシャクしたが……婚約破棄になるほどのことではなかった。

喧嘩中は婚約破棄になるのではないかと思い悩んでいたことは事実だが、今にしてみれば大した話ではなかった。

……と、由弦は考えていた。

「そうならずに済んだのは俺たちのおかげだろ？」

「もうダメかもしれないとか言ってたのは誰だ」

「それは……う、うーん」

宗一郎と聖に指摘され、由弦は口を噤んだ。

杞憂だったと言い張りたいところではあるが、その杞憂をしていたのが当の由弦だったのだから反論し辛い。

「ところで注射は打つことにしたのか？」

「……俺はあくまでおすすめしただけで、そこは愛理沙が選ぶことだから」

聖の問いに由弦は曖昧な笑みを浮かべて答えた。

要するに〝注射問題〟は棚上げされたのだ。

これには宗一郎と聖は苦笑いを浮かべる。

もっとも、彼らにとっては由弦と愛理沙が仲直りすることが大切であり、二人が実際に注射を打つかどうかはどうでも良いことだった。

後はバカップル同士、勝手に決めてくださいというのが本音である。

「とりあえず、愛理沙さんとの関係はいい感じになったということでいいな？」

まさか、また注射で揉めたりしないよな？

と、念押しするように宗一郎は由弦に尋ねた。

「う、うーん……まあ……」

宗一郎の問いに由弦は少し歯切れ悪く答えた。

これには二人は揃って眉を顰めた。

「まだ、何かあるのか？」

「注射の次はなんだ？」

またくだらないことで喧嘩をしているのか？

と疑念を深める二人に対し、由弦は慌ててそれを否定する。

「い、いや、喧嘩しているわけじゃない。……少し前も猫カフェでデートして、愛理沙を撫でてきたしな」

「猫を撫でろよ」

「急に惚気るな」

「嫉妬しないでくれ」

由弦の言葉に宗一郎と聖は揃って由弦を睨みつけた。

冗談なのに……と由弦は肩を竦める。

「いや、何と言うか……大したことじゃないのだが、俺と愛理沙の婚約は……政略結婚だろ？」

「そうだな」

「それがどうした？」

「愛理沙は恋愛結婚だと思っているみたいで……あぁ、そういう捉え方をしてたんだなと、思ったという……それだけの話だけど……」

由弦にとって、由弦と愛理沙の婚約は〝政略結婚〟であり、親が決めたものだ。

もちろん、最終的に愛理沙と人生を歩みたいと決めたのは由弦であることは事実だ。

そこには確固たる由弦の意思がある。

嫌いな相手とは、たとえ親の決定であっても、どれほどその結婚に利益があったとしても、人生を歩むことはできない。

そしてまた、今更「愛理沙と別れろ」と言われても、由弦はそれを受け入れるつもりはない。

すでに由弦にとって、二人の関係は〝政略結婚〟や〝親が決めた婚約者〟を飛び越えている。

だから恋愛結婚という認識は間違いではなく、むしろ正しい。

だが……

それでも前提として〝政略結婚〟であるし、その要素も依然として存在する。

と、由弦は考えていた。

「うん？　……でも、お前ら、二人とも恋愛感情抱いてるんだろ？　愛理沙さんの認識もそうおかしいわけでもないというか、正しいと思うが、違うのか？」

由弦が何に引っ掛かっているのか分からない。

という表情の聖に対し、由弦も首を傾げながら説明する。

「いや、それもそうだし、俺も恋愛結婚でもあるとは思っている。でも……政略結婚でないわけではないじゃないか。えー、だから……」

由弦自身も自分が何に引っ掛かっているのか、いまいち分からなかった。

ただ、愛理沙の認識と自分の認識が、どこか少しだけ……ボタンの掛け違いをしている。

そんな気がしてならないのだ。

「……政略結婚でもあるのに、政略結婚であることを否定するのが分からない。そんな感じか？」

宗一郎は顎に手を当てながら由弦に尋ねた。

由弦は少し考えてから……頷いた。

「……そうだな。多分、そうだ」

由弦が以前の愛理沙とのやり取りを……その違和感を、微妙な認識の違いに気付いた時の会話を思い出す。

由弦はあの時、愛理沙に「俺たちは政略結婚でもあるだろう？」と言った。

一方で愛理沙は「政略結婚じゃなくて、恋愛結婚ですよね？」と反論した。

要するに……

「愛理沙にとっては……政略結婚と恋愛結婚は対義語なのかなと、引っかかった」

由弦にとって両者は両立するものだ。

しかし愛理沙にとって両者は矛盾するものらしい。

おそらく、認識の違いはそこにある。

「まあ、確かに……それはおかしな話だな。恋愛感情を強調するのは分かるが、だからといって政略的な要素を否定するのは、また違うだろうし」

宗一郎は由弦に賛同の意を示した。

由弦と宗一郎は同じ意見のようだった。

　しかし……

「いや……別にそこまでおかしな部分でもなくないか？　一般的に……恋愛結婚の反対は、見合い結婚とか、政略結婚だろ」

　そう言いながらも聖は「俺がおかしいのか？」と内心で自分の価値観に疑念を抱く。

　確かにお見合いや政略結婚で、恋愛感情が湧かないとは限らない。

　だがしかし……

「……今時は恋愛結婚が当たり前だしな。親が結婚相手を見繕う伝統があるのはお前らくらいだろう」

　一般的には自分の認識が正しいはずだと、思い直す。

　恋愛結婚と政略結婚の違いは、結婚の主たる目的であるはずだ。

　前者は両者の恋愛感情であり、後者は家同士や経済的な利益だ。

　恋愛感情と経済的利益が並立することは否定できないが、しかし恋愛結婚と政略結婚が並立するということはない。

　どちらが前面に出てくるかで、明確に区別できるはずだ。

「う、うーん……一般論を言われると、確かに……」

　由弦も自分の家が特殊であることは理解している。

　そこを指摘されると、自分が間違っているのでは？　とも思ってしまう。

「まあ、その辺りは言葉の解釈の問題だろ。要するに愛理沙さんは、お前との関係に於ては恋愛を前面に押し出したいと思っている……と、そういうことじゃないか？　お金目的とか、親が決めたからとかじゃなくてさ。別にそこはお前も同じだろ？」

「ふむ、まあ……そうだな」

宗一郎の言葉に由弦は頷いた。

二人が恋愛感情で深く結びついているという点については、由弦も愛理沙も認識は同じだ。

二人の認識の違いは単なる言葉の解釈の違いだ。

由弦はそう結論付けることにした。

「ところで、どうしてそんな話になったんだ？」

「うん？　あぁ……千春ちゃんに、自分の子供と俺たちの子供を婚約させたら、上西と高瀬川の関係が修復したことを内外に示せるんじゃないかと……そんな提案をされてな」

高瀬川家と上西家の仲の悪さはそれなりに有名な話である。

もちろん、由弦と千春の関係が悪いものではないことは確かだが……

個人と家同士の関係は全くの別物だ。

「これはまた、気の早い話だな。さすがは上西……古臭さは高瀬川家といい勝負だな。お前らが仲悪いのって、やっぱり同族嫌悪じゃないか？」

「……古臭くて悪かったな」

宗一郎の物言いに由弦は眉を顰めた。

古臭いと言わるとあまり良い気分はしない……が、否定はできなかった。

「しかし上西と高瀬川が縁を結ぶのは、時代が変わった象徴としては悪くなさそうだな。時代が変わったことを示す象徴としては、手段が骨董品（こっとうひん）である点を除けばだが……」

「待て待て。まだ生まれてもいない、そもそも結婚しているわけでもないのに、未来の子供の結婚を取り決めるなよ。……お前らの界隈（かいわい）では、それが普通なのか？」

古臭いけど悪い話じゃなさそうだ。

と、賛意を示す宗一郎を、聖は少し慌てた様子で遮った。

その表情には困惑の色が見える。

一方、由弦と宗一郎は揃って顔を見合わせ……

苦笑いを浮かべた。

「まさか。そんなわけないだろ」

「あくまで結婚してくれたら嬉（うれ）しいねと……その程度の話だ」

「そ、そうか？」

いや、しかし生まれてもいない子供の話をする時点で『捕らぬ狸（たぬき）の皮算用』であり……

やはり一般的な価値観からはズレているのでは？

と、聖は思ったが……

特に由弦と宗一郎の二人はそこに疑問を抱いていないようだったので、口を噤むことにした。

（なるほど、愛理沙さんは……苦労しそうだなぁ……）

聖はそんなことを思いながら苦笑した。

そして由弦と宗一郎の二人は聖のそんな思いに気付くことはなかった。

第二章　婚約者とアルバイト

高瀬川由弦はアルバイトをしている。

というのも、「最低限生活費は自分で稼ぐこと」が由弦が一人暮らしをする条件だからだ。

そもそも由弦の一人暮らしは本来、不要なものだ。

不要な道楽をする分のお金は、ちゃんと自分で稼ぎなさい。

……という理屈である。

とはいえ、由弦にとっては自由に使えるお金が手元にあるのは必ずしも悪いことではなかった。

それにいろいろな仕事を体験できるのは、由弦にとっても楽しいことだった。

さて、その日も由弦は男子更衣室で着替えを終えて、仕事に向かおうとしたのだが……

「ねぇねぇ、彼女さんとはその後、どうなったの？」

突然、中性的な容姿の男性に呼び止められた。

彼の名前は長谷川光海。

由弦の雇い主であり、このレストランのオーナー。

そして由弦の母の古い友人でもあった。

「はい。無事に仲直りできました」

「そうなの。それは良かった」

ニコニコと笑みを浮かべる光海。

そして……由弦に耳打ちをする。

「ところで、どこまで進んでるの？」

「……どこまで、とは？」

「そんなの、決まっているじゃない。ＡＢＣのどこまで行ったの？」

「随分とおじさん臭い表現ですね」

「私はおじさんよ」

見た目は若いが、光海は由弦の母親と同年代だ。

ちなみにこう見えて妻子持ちだったりする。

二児のパパだ。

それなりに繁盛している飲食店の店主なので、家庭を持っているのはそうおかしな話ではないが。

「……Ａって唇までですか？」

「まあ、そうじゃない？」

「それならAは達成しましたね」

「……Bは？」

「Bってのは……どのくらいですか？」

「アレが入らないくらいのエッチ」

「それはさすがにまだ……ですね」

由弦がそう答えると光海は大きく目を見開いた。

意外！　と言いたそうに口に手を当てる。

「最近の若い子はいろいろ進んでいるから、てっきりBくらいまでは行っているのかと」

「節度ある交友を心掛けています」

「それもいいけど、あまり心掛けすぎると嫌われるよ」

「……いや、別に俺が奥手というわけではない、とは言い切れませんけどね」

由弦も男子高校生。

家庭事情や恋人関係は少し、否、かなり特殊かもしれないが欲求に関しては人並みにある。

恋人とあんなことやこんなことをしたいという気持ちは当然ある。

しかし……

「彼女さんの方が奥手なの？」

「まあ……そんな感じですかね？」

最近はそうでもない気がしないこともないが……

由弦がそう思いながら答えると、なるほどと光海は頷いた。

「そうなの。大胆な子だと思ったけれど……」

「……紹介したこと、ありましたっけ？」

まるで見たことがあるかのような光海の物言いに由弦は思わず首を傾げた。

すると光海は慌てた様子で首を左右に振った。

「ま、まさか……。そうよね、奥手ね……由弦君の彼女さんだものね。きっと、良い家柄の子なのよね」

「ええ、まあ……」

由弦は曖昧に頷いた。

愛理沙が世間一般的には良い家柄であることは否定しない。

しかし良い家柄だから奥手なのかと言われると、由弦は首を傾げざるを得ない。

単純に愛理沙の性格・気質が占める割合が大きいだろう。

彼女は少し臆病なところがある。

「そうねぇー、無理に押し倒せとも言えないし。焦らずじっくり、でもチャンスは逃さないようにね。ムードが大切よ、ムード」

「心得ました」

ムードって、具体的にどうやって作るんだ？

と由弦は思いながらも頷き……それからチラッと時計を確認した。

「では、僕はそろそろ勤務に……」

そろそろ決められたシフトの時間になる。

このような場所でいつまでも油を売っているわけにはいかない。

「あら。……じゃあ、そろそろ本題に移りましょうか」

「本題……？」

「ええ。実は……今日から新しい子が来るの」

「へぇ……ということは、僕が仕事を教えれば良いということですか？」

「ええ。先輩として優しくね？」

光海の言葉に由弦は苦笑しながら頷いた。

というのもアルバイトの多くは大学生で、由弦よりも年上だったりするのだ。

彼ら・彼女らの由弦への態度は様々だが……年上から「先輩！」などと言われると少しだけむず痒（がゆ）い気持ちになる。

「それで……その子は？」

「そろそろ着替え終わるはずだから。……どう？　準備できた？」

光海は女子更衣室の方に向かってそう問いかけた。

すると扉の向こう側から「はい！」と元気そうな声が聞こえてきた。

とても可愛らしい声だ。

……そして聞き覚えのある声だった。

「……お待たせしました」

ゆっくりと、更衣室の扉が開くと……

白いブラウスに、黒のベストとパンツを身に纏った女の子が姿を現した。

身体のラインにピッタリと沿うようにできているその制服は、少女をカッコよく見せるのと同時に、少女が本来持っているその女性らしい膨らみを強調し、より艶めかしくも見せている。

美しい亜麻色の髪を結い上げたその少女……

雪城愛理沙はその翠色の瞳を細め、由弦に向かって言った。

「これからよろしくお願いします。……先輩？」

悪戯っぽく微笑んだ。

※

時を遡ること一週間ほど……

由弦のアルバイト先の店長、長谷川光海は採用面接を行っていた。

最近、少し人手不足を感じていたため、一人ほど雇いたいと考えていたところ……

ある少女がアルバイトをしたいと電話を掛けてきたため、面接を行う運びとなった。

「あなたはどうしてアルバイトを……したいのはお金が欲しいからだと思うけれど、何に使いたいの？」

長谷川光海は緊張した面持ちの目の前の少女にそう尋ねた。

美しい亜麻色の髪に翠色の瞳、彫りの深い顔立ちと日本人離れしたその女の子は、まだ高校二年生だという。

それもそれなりの名門校として知られる、私立高校に通っている。

少女と同じ高校に通っている高瀬川由弦（男の子）を雇っているからこそ分かるが、その高校の学費は必ずしも安くはない。

少女の身なりも決して悪くない。

故に少女の家庭が貧困に陥っているとは考えづらく……だからこそお金の使い道が気に

なる。

……同じ高校の男子を一人雇っている以上、光海は高校生であることを理由に雇わないという選択肢はないと考えていた。

しかし慎重になるべきだとも考えていた。

「プレゼント？　……ご両親からお小遣いとかはもらっていないの？」

「……いえ、お小遣いはもらっていません。もちろん、欲しい物があると言えば買ってもらえると思いますが……でも、それは私がプレゼントしたとは言い難いかなと」

「……ふむ」

どうやら定額のお小遣いを渡すのではなく、欲しい物がある時に買ってあげるという教育方針らしい。

光海は他所の家の教育方針に口を挟むつもりはないが……

確かにそれでは〝プレゼント〟をした感は薄れてしまうだろう。

「でも、普通の子はご両親からお小遣いをもらって、プレゼントを贈ったりするでしょう？　そこは変わらないんじゃない？」

「はい。でも……その、彼は自分でアルバイトをして稼いだお金で私にプレゼントをしてくれたので。そのお返しをするなら、やっぱり私もアルバイトをして稼いだお金でプレゼントをしてあげたいなと思っています」

「……ふむ」

〝彼〟という言葉を光海は聞き逃さなかった。

おそらくその相手は恋人なのだろう。

その恋人はアルバイトをしている。

だから普通に考えれば、その相手は大学生か高校生となる。

……と、そこで光海は気付く。

そう、光海のレストランではこの少女と同年齢の男の子が働いているのだ。

しかもその少年は最近——と言っても半年ほど前ではあるが——恋人にプレゼントを贈るためにお金が必要だと言っていた。

「……もしかして、その相手って、あなたの同級生？」

「え!?　わ、私、由弦さんって言ってました!?」

と、少女……

雪城愛理沙は慌てた様子で自分の唇に手を触れながら言った。

どうやらかなり素直で分かりやすい性格らしい。

光海は思わず苦笑した。

「由弦君が美人な恋人がいるって言っていたからね。もしかしたらと思って」

「び、美人なんて……そ、そんな……」

恥ずかしそうに愛理沙は頬を赤らめた。

しかし満更でもなさそうな表情だ。

なるほど、これは可愛らしいと光海も思った。

「まあ、アルバイトをしたい理由はおおよそ分かったけれど……でも、それなら由弦君に紹介してもらえば良かったじゃない？」

もちろん、由弦に紹介されたからと言って即座に採用するほど光海も馬鹿ではない。

が、由弦を通して紹介してもらった方が採用されやすいと考えるのが普通であり……

また、光海としても由弦を通してもらった方が採用しやすい。

面接では分かり辛い人柄について、由弦に聞くことができるからだ。

惚気気味の由弦ではあるが、しかし向いていないと思うのであれば間違いなく向いていないと光海に答えてくれただろう。

そういう意味では光海は由弦のことを信用していた。

「それは……そうかもしれませんけど。でも……由弦さんへのプレゼントを買うのに、由弦さんの力を借りるのは、やっぱり違うじゃないですか」

「それなら由弦君とは違う職場で働けばいいんじゃないかしら？」

光海としては愛理沙を雇っても良いのではないかと考えていた。

料理が得意という本人の自己申告は、由弦からの惚気話で裏は取れている。

そして顔立ちも整っていて、態度などにも問題はない。

キッチンスタッフとしても、ホールスタッフとしても働かせられる。

とはいえ……

職場をデートの場と勘違いされては困るとも考えていた。

「それは……確かに私もこっそりアルバイトをして由弦さんを驚かすことも考えました。でも……それで由弦さんを不安にさせたりするのは良くないかなと」

「確かにね……」

光海は愛理沙の容姿をあらためて確認し、頷いた。

こんな可愛らしい女の子が職場に来たら、大抵の男性は浮き立ち、物にしようとするだろう。

……と、想像することは容易い。

これほどまでに可愛らしい恋人が自分の知らない、手の届かないところで働いているのは確かに不安になる要素だ。

「それと父から……由弦さんと同じ職場なら働いても良いと言われてしまいました。……高瀬川家のご子息が働いているところなら、問題ないと」

「それはまた……ありがたい評価ね」

光海は苦笑しながらも納得した。

由弦が心配する以上に、保護者が心配するのは当然のことだ。

「いつから働ける？」

光海は愛理沙にそう尋ねた。

愛理沙は目を輝かせ、身を乗り出した。

「今すぐ！　……と、言いところですけれど、その……」

「初日は由弦君と一緒がいい？」

「は、はい。……ダメでしょうか？」

「まさか。……せっかくだし、驚かしましょうか？」

光海は微笑みながらウィンクをしてみせた。

光海からのまさかの提案に愛理沙は少し驚いた表情を見せるも……

「はい。そうしましょう！」

頷（うなず）いた。

こうして愛理沙は光海のレストランで働くことになったのだった。

※

「え？　あ、愛理沙……!?」

突然現れた婚約者の姿に由弦は思わず困惑と驚きの声を上げた。

愛理沙と光海の顔を何度も見比べる。

「いやー、やっぱり美人は何を着ても似合うね！」

嬉しそうに何度も光海は頷いた。

一方で愛理沙は恥ずかしそうにはにかみながら、由弦に尋ねた。

「どうですか？　……似合ってます？」

愛理沙にそう尋ねられ、由弦はようやく「新人＝愛理沙」という構図を飲み込むことができた。

由弦は笑みを浮かべて頷く。

「ああ、とてもよく似合っている。綺麗だと思うよ」

由弦がそう答えると愛理沙は嬉しそうに顔を綻ばせた。

光海はそんな二人の様子を見ながら目を細める。

「さて、とりあえず……由弦君。愛理沙ちゃんに仕事、教えてあげて。まずは雑用から」

「はい、分かりました。じゃあ、とりあえず……愛理沙、こっちに来てくれ」

「はい……先輩！」

愛理沙はそう言って微笑んだ。

……後輩属性というのもアリだなと、由弦は内心で思った。


「とりあえず、皿洗いから教えようかな」

「おぉ……それっぽいですね！」

何故か嬉しそうな表情を浮かべる愛理沙。

由弦は苦笑いを浮かべ、その場所まで案内する。

「まあ、食洗機の操作方法を教えるだけだけど……」

「……ですよね」

規模の小さな店ならばともかく、長谷川光海が経営しているレストランはそれなりに大きい。

食器を一枚一枚、手洗いしていたら間に合わないし、人件費が勿体ない。

故に食器洗い機を使用している。

「もっとも、ご飯粒とかは落ちにくいから、そういうのは事前に軽く水洗いして、落としてから入れるんだけどね」

「なるほど……我が家と同じですね」

こくこくと頷きながら、愛理沙は可愛らしいメモ帳に書き込んでいく。

その後も由弦は愛理沙に対し、丁寧に仕事を教えていった。

とはいえ、由弦が教えられるのはあくまで雑用とホールスタッフとしての仕事のみ。

愛理沙は主にキッチンスタッフとして仕事をすることを前提に雇用されたため……

「……じゃあ、愛理沙。キッチンの仕事はあの人に聞いてくれ。……俺は分からないから」

「はい。……ありがとうございました、由弦先輩」

愛理沙は少しだけ寂しそうな表情をしつつも……

やはり根は真面目ということもあり、由弦に変な未練を残すことなく、キッチンスタッフの先輩から仕事を教わりに向かう。

そして最初は由弦も真面目に仕事をしていたのだが……

(……いや、でもやっぱり初めての仕事だし、きっと緊張しているよな)

どうしても心配になり、チラッとキッチンの様子を窺いに向かってしまった。

そこでは……

「わぁ……雪城さん、包丁上手(うま)いですね！」

「慣れてますから」

愛理沙が見事な包丁捌きを披露していた。

それればかりではなく、すでにレシピを確認しながら何品か作っているようだった。

すでに愛理沙は即戦力として活躍していた。

「いやぁ、まさかここまでお料理が上手なんて。やっぱり、下地があるってのは重要ね。雇って良かった」

思わず由弦が振り返ると、満足そうな表情を浮かべた光海が立っていた。

彼は由弦に対してニコッと微笑みかけた。

「由弦君もちゃんと、お仕事してね？」

「は、はい。もちろんです……！」

愛理沙に負けてはいられない。

由弦は自らを奮い立たせ、なお一層仕事に励むのだった。

※

「……疲れました」

帰り道、愛理沙はため息交じりにそう言った。

これからやっていけるか不安……と、そんな表情を浮かべる愛理沙に、由弦は優しく声を掛ける。

「一番大変なのは最初だから。すぐに慣れるよ」

「そういうものですか？」

「そういうものだ」

由弦の言葉に愛理沙は少しだけ安堵の表情を浮かべた。

そんな愛理沙に対して由弦はずっと気になっていたことを尋ねる。

「……どうして急にアルバイトを？　何か、欲しい物があるとか？」

「……いえ、別にそういうわけではありません」

愛理沙は即座にそう否定した。

それから淡々と答える。

「最近、我が家では家事を分担するようになりまして。結果として、少し暇になったので……アルバイトをしてみようかな、と」

「……なるほど」

由弦は何となく、愛理沙が本当のことを言っているようには思えなかった。

しかしそれはあくまで由弦の勘でしかない。

愛理沙の説明は筋が通っており、否定するような要素は見つけられなかった。

（……自由に使えるお金が欲しいとか、そういうのもあるのかな？）

天城家のお小遣い制度は定額のお小遣いを渡すのではなく、何か欲しい物がある時に必要な分だけ渡す形式であると聞いている。

遠慮さえしなければ困ることはないが、しかし愛理沙の性格では「あれが欲しい！」と言い出すのは心理的なハードルが高いのだろう。

そういう意味では気兼ねなく使えるお金があるのは、精神的に楽なのかもしれない。

「言ってくれれば紹介したのに」

「びっくりさせたかったので」

ニヤッと愛理沙は笑い……

踵を返した。

気が付くとそこは愛理沙の家の前だった。

「送ってくれてありがとうございます」

愛理沙はそう言うと由弦に向き直り、軽く背伸びをした。

由弦はそんな愛理沙の肩に手を置き、軽く引き寄せる。

愛理沙は瞳を閉じ……

由弦はそんな彼女の唇に接吻した。

「じゃあね」

「はい」

こうして愛理沙の初勤務は無事に終了したのだった。

※

愛理沙が働き始めて約一週間が経過し……

仕事にも慣れ、雑用はもちろん、キッチンの仕事も問題なく熟せるようになっていた。

「いやぁー、愛理沙さん、仕事を覚えるのが早くて助かるわ」

光海はニコニコと嬉しそうにそう言った。

「さすが、愛理沙だ」

由弦もまた同意するように頷くと、愛理沙は少し恥ずかしそうに髪を掻きながら答えた。

「料理は元々していましたし……あとはレシピを覚えるだけでしたから」

調理器具の使い方や、具材の切り方、火を入れるコツなどについてはすでに身体に染み付いている。

レシピに関しては愛理沙自身、真面目で勉強も得意ということで覚えるのも早かった。

つまりキッチン業務は愛理沙にとって、非常に〝向いている〟仕事だったのだ。

「じゃあ、そろそろホールの仕事を覚えてもらおうかしらね？」

「ホール、ですか……」

「できれば愛理沙さんにはホールをメインにしてもらいたいと思っているから」

　愛理沙は容姿が良い。

　光海としてはそんな愛理沙をキッチンに引きこもらせているのは余りにも惜しいと考えていた。

　できればホールスタッフとして、レストランの華として活躍して欲しい。

　ホールができるキッチンスタッフではなく、キッチンができるホールスタッフとして働いて欲しい。

　それが光海が愛理沙に求めている働きだ。

「嫌なら無理にとは言わないけれど……」

　とはいえ、光海は決して無理強いするつもりはなかった。

　キッチンスタッフとしても十分以上に優秀なのだ。

　そもそも由弦のようにホールだけ、キッチンだけで働いているスタッフも少なくない。

「いえ、やらせてください」

　愛理沙は大きく頷いた。

　由弦と一緒に働いてみたい、由弦と同じ仕事をしてみたいという気持ちが当然ある。

　キッチンでの仕事は決して嫌だったわけではないが……

　由弦と同じ職場にいるのに、殆ど交流がないというのは少し残念に思っていたのだ。

　しかしホールでの仕事なら、〝仕事を教えてもらう〟という名目で由弦と話をしたりできる。

「それは良かった。……じゃあ、由弦君、お願いね？」

「はい。分かりました」

由弦が頷くと、愛理沙は小さく微笑(ほほえ)んだ。

「……お願いします、先輩」

「あぁ！」

先輩……いい響きだ。

あらためて由弦はそう思った。

※

「うーん、ちょっと笑顔が硬いかなぁ……」

その日の仕事が終わった後。

光海は苦笑いを浮かべてそう言った。

愛理沙の接客は由弦や光海が思っていたよりも……ぎこちないものだった。

笑顔は引(ひ)き攣(つ)り、「いらっしゃいませ」も噛(か)んでしまう。

そんな感じだ。

「まあ、最初はそんなものだろう」

一方で婚約者に甘い由弦はそう言った。

もっとも、由弦の評価が特別、愛理沙に甘いかと言えばそういうわけでもない。

初めての接客で緊張するのは当たり前だ。

確かに笑顔は硬かったし、何度も噛んではいたが……その程度である。

致命的な失敗――例えばお客に料理を頭からぶちまけるようなこと――はしていない。

ごく普通の……そんなに上手じゃない人の範囲内だ。

数を熟せば普通は慣れる。

普通は。

「その、やっぱり私、キッチンをメインにした方がいいかもしれないです。……このままでは皆さんに迷惑を掛けてしまいます……」

しょんぼりとした様子で愛理沙はそう言った。

元々、自信に溢(あふ)れていたというわけではないが、しかしもう少し上手くできると思っていたのに、全くできなかった。

そのせいですっかり自信を喪失してしまったのだ。

「うーん、でもねぇ……」

そんな愛理沙に対し、光海は僅かに渋るような態度を見せた。

元々、無理強いするつもりはなかった。

しかしあらためてホールで働く愛理沙を見て、非常に惜しくなってしまった。

接客に必死だった愛理沙は気付いていなかったが……愛理沙はお客から非常に注目を浴びていたのだ。

少し慣れていないところも、「新人さんかぁ」という感じで好意的に見られていた。

そもそも最初はできないのが当たり前だ。

致命的にできないというほどでもなく、あと一か月もすれば十分に熟せるようになるだろうと光海は考えていた。

今、ここでホールでの仕事を諦めてしまうのは、あまりにも判断が早すぎるし、惜しいのだ。

「……もう少し仕事の雰囲気になれるまで、キッチンというのはどうですか？」

一方で由弦としては、愛理沙にはキッチンに回って欲しかった。

不安だったからだ。

ホールで働く、接客をするということは、多くのお客と触れ合うということになり……それはつまり〝変な客〟に絡まれるリスクもあるということになる。

もちろん、光海のレストランは客単価も高めで、〝変な客〟はそうそうやって来ないのだが……しかし絶対にいないという保障はない。

キッチンの方が安全だ。

由弦の目が届かないというリスクがないわけではないが、そもそも仕事である以上、常に由弦が目を光らせているということはできないし、シフトの都合で由弦と合わない日もあるので、それは今更である。

「……うーん、まあ、そうね。キッチンをメインにしてもらいながら、ホールの仕事は見て学んでいくというのもありね」

無理強いして上手くいくとは、光海も思っていなかった。

一先(ひとま)ず、ここでの仕事に慣れてもらい、やる気になったらやってもらおう。

そう判断した光海は愛理沙に尋ねる。

「それでいい？」

「……はい。それでお願いします」

愛理沙自身、一度やっただけで諦めるのは良くないとも考えていたため……

光海の提案に対して頷き、同意を示すのだった。

※

そして……愛理沙が働き始めてから、最初の休日。

いつものように由弦の家に遊びに来た愛理沙は、早々に切り出した。

「由弦さん……お願いがあるんです」

「お願い？　どうした？」

由弦は首を傾げた。

愛理沙が由弦に対して、あらたまってお願い事をするのは久しぶりのことだ。

「……その、練習、したいんです」

「キスの？」

「ち、違います！」

愛理沙は顔を真っ赤にして否定した。

それから軽く咳払い（せきばら）をして答えた。

「……接客の練習です」

※

「……覗（のぞ）いちゃダメですからね？」

脱衣所からそんな愛理沙の声が聞こえる。

当然、覗くはずないのだが……念押しされると少し悪戯（いたずら）をしたくなる。

「そういうフリ？」

「ち、違います！　ダメですからね！　嫌いになりますから!!」

由弦の冗談に対し、愛理沙は真剣な声で言い返した。

そしてしばらくして……脱衣所のドアが開く。

レストランの制服を着込んだ愛理沙がそこに立っていた。

「どうですか？」

愛理沙は由弦にそう尋ねながら、クルッと一回転してみせた。

由弦は大きく頷いた。

「うん、よく似合っている」

〝可愛らしい〟、〝美しい〟という女性的な印象の強い愛理沙だが……

ベストやパンツを着ると、途端に凛々（りり）しく見える。

男装の麗人という雰囲気で、普段とのギャップも相俟ってこれはこれでよく似合っている。

（いや、しかしズボンを穿くとお尻が……）

強調される。

ウェイター服は普段、愛理沙が着るようなパンツと比較してもより身体に密着しやすい生地、デザインなためか、普段以上に形がくっきりと現れているように感じる。

全体としては男性風であるが故に、部分部分の愛理沙の女性らしいところが非常に際立つ。

「……何か変ですか？」

「いや、別に……」

そして愛理沙は由弦が少しだけ如何わしい気持ちを抱いていることに気付いていたらしい。

これが女の勘かと、由弦は内心で戦慄する。

「何か言いたいことがあるなら、言ってください」

「う、うん……」

お尻が強調されて見えると言えば聞こえは悪いが、要するに愛理沙のスタイルの良さやプロポーションの美しさが際立って見えているわけで……

それ自体は決して悪いことではない。

上手に表現できれば、愛理沙を怒らせることもないだろう。

しかし下手を打つと愛理沙を恥ずかしがらせることにも繋がる。

もしかしたらもう着たくないと……アルバイトを辞めてしまうかもしれない。

「改めて見ると、カッコ可愛いという感じで普段と雰囲気が全然変わるんだなと。君の新しい魅力に気付けた。……惚れ直したよ」

なので、由弦は誤魔化すことにした。

実際、似合っているのは事実だ。

「そ、そう……ですか？」

由弦に褒められた愛理沙はモジモジと恥ずかしそうな様子を見せた。

由弦に対する不信は霧散したようだ。

「由弦さんもよく似合っています。……カッコいいですね！」

「ありがとう」

愛理沙に合わせて由弦もウェイター服を着ていた。

接客のお手本を見せるためだ。

もっとも、ただの練習なので本来は二人とも着替える必要はないのだが……

そこは雰囲気重視といったところだろう。

「では……ご指導、よろしくお願いします。由弦さん」

「……違うだろ？　愛理沙」

「え……？」

早速、由弦は眉を顰めて厳しい口調でそう言った。

いきなりダメ出しされるとは思っていなかった愛理沙は、困惑の表情を見せる。

「先輩、だろ？」

冗談染みた口調で、しかし真剣な表情で由弦はそう言った。

これに対し、愛理沙もまた大真面目な表情で頷いた。

「はい、先輩！」


それから二人は交互にお客の役をやりながら、接客の練習を始めた。

最初は緊張からかぎこちない動作で、時折噛んでしまうことも多かった愛理沙だが……

何回も繰り返すうちに段々と滑らかに変わっていった。

しかし……

「もうちょっと、こう……笑顔になれないかな？」

「笑顔、ですか……」

「表情が硬いんだよね……」

どうやら、愛理沙は集中すると無表情になってしまう癖があるらしい。

真面目に接客をしていることは伝わってくるのだが……

しかし同時に怖い印象も受けてしまう。

「しかし……笑った顔はふざけているようにも見えませんか？」

愛理沙の問いに対し、由弦は頷いた。

「まあ、ヘラヘラしていたらそう見えるかもしれないけど……でも、もうちょっと笑みは浮かべた方がいい。お客さんには小さい子供とかもいるし……それに表情がもう少し柔らかい方が、声も掛けやすいだろう？」

「う、うーん……こ、こんな感じ、ですか？」

「引き攣ってるなぁ……」

由弦は思わず苦笑する。

口元は笑みを浮かべているが、目が笑っていない。

無理して笑っているんだなと、一目で分かってしまう。

「……そうですか？」

「自覚がないか……鏡の前でやってみよう」

由弦は洗面台の前まで愛理沙を連れて行った。

「これは……確かに引き攣ってますね。う、うーん……」

愛理沙は鏡に向かって、笑顔の練習を始める。

しかし回数を重ねるほど、時間を掛けるほどに緊張してしまうのか……悪化するばかりで、一向に上手くならない。

「……笑顔ってどうやって作るんでしたっけ？」

最終的にはそんなことを言い始めた。

「う、うーん……ちょっといいかな？」

由弦は愛理沙の顔に手を伸ばした。

軽く頰(ほお)に触れ、唇を少し持ち上げ、目元を少し引っ張ってみる。

「こんな感じかな……」

「な、なるほど……？」

「あ、あぁ……ダメだろ。力入れちゃ……」

せっかくの可愛い笑顔が、また強張(こわば)ってしまう。

どうしたものかと由弦は思案する。

「……愛理沙。万歳して」

「……はい？」

鏡の前で由弦は愛理沙に万歳させた。

そして無防備になった彼女の腋(わき)を軽く指でつついた。

「ひぅ……ちょ、ちょっと……ゆ、由弦さん……！」

「先輩だろ」

身を捩って逃げようとする愛理沙の腋へ、由弦は強引に手を差し込んだ。

そして耳元で囁く。

「ほら、前を見て」

「う、うぅ……」

愛理沙はしぶしぶという様子で鏡を見る。

鏡には顔を真っ赤にし、恥ずかしそうに目を伏せている可愛らしい女の子が映っていた。

「リラックスして」

「む、無理です……せ、先輩……ひぅっ！」

由弦は僅かに指を動かした。

すると擽ったさからか、愛理沙の顔に〝笑み〟が浮かんだ。

「笑えるじゃないか。ほら、その調子」

「ひ、ひゃぁ……で、できたなら、も、もう……」

「まだちょっと固い。ちゃんと維持できるまでだ」

「そ、そんな、む、無理……っくぁ……」

無理無理と言いながらも、愛理沙は由弦の拘束から強引に抜け出そうとはしなかった。

反射で身を捩りながらも、鏡を見続け、言われるままに笑顔を維持しようとする。

由弦はそんな愛理沙を耳元で応援しながら、愛理沙の表情が崩れるたびに腋を擽り、愛理沙を強引に笑顔に戻した。

と、そんな特訓を繰り返すこと十分ほど……

「できるようになったね。さすが、愛理沙だ」

自然な笑みを浮かべられるようになった愛理沙を由弦は褒めた。

一方で褒められた方の愛理沙は……

「……」

じっと由弦を見つめ続けていた。

口元も目元も笑顔だ。

しかしどういうわけか、愛理沙の表情はとても怖かった。

「え、えっと……あ、愛理沙……？　そんなに見つめられると……」

「途中からふざけてましたよね？」

「い、いや、まさか……」

「ふざけてましたよね？」

「は、はい。申し訳ございません」

恐怖を感じた由弦は慌てて愛理沙に頭を下げた。

するとと愛理沙は小さくため息をつき……作り笑顔をやめた。

そしてジト目で由弦を見る。

「……全く。私は真剣だというのに」

「でも、愛理沙も途中から楽しんで……」

「楽しんでません！」

愛理沙は腰に手を当て、眉を顰めながらそう言った。

そして……ニヤッと笑みを浮かべた。

由弦は嫌な予感がした。

「あぁー……とりあえず、今日のところはこれで……」

「せっかくですし、先輩も笑顔の練習、しましょうか」

「い、いや、俺はできるから……」

「笑顔、引き攣ってますよ!?」

手をワキワキさせながら近づいてくる愛理沙。

由弦は堪らず逃げ出した。

「待ちなさい！」

「や、やめ……あ、ちょっと……そ、そこは弱い……！　っく、ははは、ははははは!!」

愛理沙の気が済むまで由弦は擽られ続けることになった。

※

愛理沙がアルバイトを初めてから約一か月が経過した……

十月初旬頃。

「どう？　愛理沙」

「はい。……ちゃんと引き出せました」

封筒を手にしながら愛理沙は嬉しそうに微笑(ほほえ)んだ。

そう、今日は愛理沙の初めての給料日だ。

「こんなにたくさん……自由に使ってもいいんですね」

封筒の中を覗(のぞ)き込(こ)みながら感慨深そうな表情で愛理沙はそう言った。

実際のところ、光海のレストランの時給は決して安いわけではないが……

かといって高いわけでもない。

由弦と愛理沙が高校生であることもあり、時給は低めに抑えられている。

学校にも行かなければいけない関係上、二人ともフルタイムで働いているわけでもない。

だから愛理沙がもらった給料は、金額としては決して大金でもないが……

それはあくまで一般的に大人がもらえる給料と比較しての話。

高校生にとっては十分以上に大金だった。

お年玉以外に特別な収入がなかった愛理沙にとっては、その感動も大きいのだろう。

「何か、使い道は考えているのか？」

由弦は愛理沙に尋ねた。

お金は使わなければ意味がない。

もちろん、貯金という選択肢もあるが……

「え？　あぁ……いえ、今のところ、特には……」

由弦の問いに愛理沙は歯切れ悪くそう答えた。

何となく由弦には愛理沙が嘘(うそ)を言っているように聞こえた。

(……もしかして？)

ふと、由弦は愛理沙のお金の使い道について思い至る。

とはいえ、それが真実だとすれば、あえてそれを指摘するのはあまりにも野暮(やぼ)だ。

「せっかく、初めての給料だし……何か、記念になるものでも買ったら？」

「そ、そうですね！　そうします」

愛理沙はこくこくと頭を縦に振り……

どこかホッとしたような表情を浮かべた。

そんな愛理沙の態度に由弦はますます、確信を深めた。

第三章　婚約者と誕生日

さて、それから一週間が経過した十月中旬頃。

その日は由弦(ゆづる)の……誕生日だった。

「由弦さん。今日の放課後は……大丈夫ですよね？」

下校時、愛理沙(ありさ)は由弦にそう尋ねた。

由弦は頷く。

「もちろん。空けてあるよ」

元々、由弦は愛理沙から「誕生日にデートをしたいので、できれば予定を空けておいてほしい」と言われていた。

愛理沙以上に優先する相手はいないので、由弦は言われるままにその日の予定を空けておいたのだった。

「愛理沙がデートプランを考えているという認識でいいんだよね？」

由弦は特にどのようなデートをするのか、考えていなかった。

誕生日だからといって特別にはしゃいだりするような年齢ではないし、そもそも自分の誕生日をどうやって祝ってもらおうかと考えるのもおかしな話だ。

そこで愛理沙の方から「デートをしたい」と言われたので、当然愛理沙が考えてくれているのだろうと由弦は思っていた。

「はい、もちろんです。一先ず、これを……」

愛理沙は懐から一枚のチケットを取り出した。

それは最近ネットでいろんな意味で話題になっている映画のチケットだった。

「なるほど、まずは映画か」

王道なデートプランだ。

しかし……

(よりによってサメ映画か？　……別に嫌ではないけど)

由弦が内心で苦笑していると、愛理沙は首を左右に振った。

「あぁ、いえ、違います」

「……え？」

「それで時間を潰してきてください」

「……はい？」

「映画には一人で行ってください。その間に……準備します。お台所、貸していただけますか？」

「な、なるほど……」

どうやらデートそのものは由弦の部屋で行うらしい。

料理やケーキを作り、もてなしてくれるということなのだろう。

「では、私は一足早く、由弦さんのお部屋に行きます。由弦さんは映画を見てから、帰って来てください。あと、ポップコーンとかは食べちゃダメですからね？」

「あ、あぁ……分かった」

由弦が頷くのを確認すると、愛理沙は早足で掛けていく。

「……これ、見ないといけないのかな？」

残された由弦はチケットを見ながら……一人ぼやくのだった。

※

「意外と悪くなかったな……」

ゾンビザメに乗った宇宙人が地球を侵略しに来るという映画を見終わった由弦は、そんな感想を抱きながら映画館を後にした。

面白かったとは決して言えなかったが、しかし退屈はしなかった。

二回目を見たいとはさすがに思えなかったが……

「さて、帰るか。しかし……愛理沙は何の準備をしているんだ？」

由弦は首を傾げた。

ただ料理やケーキを作り、出迎えてくれるという話なら、わざわざ映画のチケットを入手してまで由弦を外に追いやる必要はない。

(愛理沙がアルバイトを始めたのは、多分、俺にプレゼントを買うため……くらいには予想はしていたんだけど)

由弦は今まで愛理沙にいろいろとプレゼントをしてきたが、それは由弦自身が働いて稼いだお金で購入したものだ。

故に愛理沙も、自分自身が働いて稼いだお金でプレゼントをしなければ釣り合わない……と考えること自体は、愛理沙の性格から予想することは簡単であった。

それ自体がサプライズだし、愛理沙の気持ちが込められているので、由弦としては十分以上に嬉(うれ)しいのだが……

さらにそれに上乗せするようなサプライズがあるのだろうか？

果たしてそれはどのようなものか？

などといろいろと思案を巡らせているうちに、由弦は自宅の前に到着した。

「入る前にメールしてくれ、だったかな？」

由弦は携帯を取り出し、『今、玄関の前にいる』と短い文章を打ち込んだ。

するとすぐに既読が付き、『入っていいですよ』と返信が来た。

「……ただいま」

由弦はゆっくりと、扉を開いた。

すると目に飛び込んできたのは……

モノトーンカラーのエプロンドレスに身を包んだ、亜麻色の髪の美少女だった。

少し短めのスカートの端を摘み、恭しく頭を下げ……

「お帰りなさいませ、ご主人様」

いわゆる〝メイド服〟を身に纏(まと)った愛理沙は、由弦に向かってそう言った。

※

「あ、愛理沙……⁉　これは一体……」

「どうぞ、お上がりください」

愛理沙はニコッと笑みを浮かべて言った。

普段の笑顔とは少し異なる……アルバイトで鍛えた、接客風の笑顔だった。

仕事中には何度も見たことのある〝笑顔〟ではあったが、由弦自身に向けられたのはこれが初めてだ。

（か、可愛い……）

そのあまりの破壊力に由弦は頭がくらくらするのを感じた。

由弦は愛理沙の自然な笑顔が好きだが、しかしこういう作り笑顔も……悪くない。

「お召し物をお預かりしますね」

「あ、あぁ……うん」

気が付くと由弦は愛理沙にコートと学ランを脱がされていた。

愛理沙はそれを丁寧に畳むと、由弦をリビングへと案内する。

リビングは……

（あ、ここは特に変わらないのね）

特別な飾り付けがあるというわけではなかった。

さすがに映画の上映時間ではそこまで手が回らなかったのだろう。

「どうぞ、お座りください」

「うん」

言われるままに由弦は座布団に腰を下ろす。

「お飲み物をお持ちしますね」

愛理沙はそう言うと台所へ消えて行き、ボトルに入った飲み物とグラスを持ってきた。

グラスをテーブルに置き、飲み物を注ぐ。

自然と由弦の視線が飲み物……

ではなく、愛理沙の胸元へと向かった。

メイド服の襟元から覗く、白い谷間が気になって仕方がなかったのだ。

「こちらはシャンパン……風のジュースです。……お食事の方をお持ち致しますね」

注ぎ終わると愛理沙はすぐに立ち上がり、台所から料理を運んできた。

「こちらはスモークサーモンのマリネです」

「あ、ありがとう……」

小さなガラスのお洒落(しゃれ)なグラスに、少量のマリネが盛られていた。

見た目も美しく、緑色のソースも手が込んでいるように見える。

「……いただきます」

由弦はフォークでマリネを口に運ぶ。

じっと、愛理沙は翠色(みどりいろ)の瞳で由弦を見つめる。

「どうですか？」

「うん、美味(おい)しい。……さすがだね」

由弦がそう褒めると、愛理沙は嬉しそうに微笑(ほほえ)んだ。

（しかし……これ、もしかして突き出し（アミューズ）か？）

家庭料理なら、これだけでメインであると胸を張れる代物だが……

しかし量的にメインには見えない。

だが突き出し（アミューズ）であると考えれば納得できる。

「……次は前菜（オードブル）？」

試しに由弦はそう尋ねた。

すると愛理沙はニコリと微笑んだ。

「はい、もちろんです」

「そ、そうか……」

どうやら今日の夕食はコース料理のようだ。

これにはさすがの由弦も驚くしかない。

「ところで愛理沙は一緒に食べないのか？」

「今日はゆ、ご主人様のご奉仕に集中しようかなと思っていましたが……」

ご奉仕。

その言葉に一瞬、クラッとしながらも由弦は尋ねた。

「愛理沙の分はないのか？」

「一応作りましたが……えっと、私もご一緒した方が嬉しいですか？」

「どんなことでも、君と一緒の方が楽しい」

これだけ手の込んだ物を作られた上に、それを一人で食べるのはさすがの由弦も「申し訳ない」という気持ちが僅かに湧いてくる。

もちろん、これが愛理沙流のおもてなしであり、また「メイドとご主人様」という一種の遊びであることも認識しているが……

由弦としては幸せな時間は愛理沙と分かち合いたいのだ。

「……正直、そう言ってくださるのではないかと思ってました」

愛理沙はそう言うと立ち上がり、台所から前菜と思(おぼ)しき料理を持ってきた。

今度は一人分ではなく、二人分だ。

ついでに自分用のグラスと、先ほどの突き出しも持ってきたようだ。

「飲み物は俺が注ごう」

「え？　あっ、いや……」

今の愛理沙はメイドであり、由弦はご主人様だ。

と考えると、ロールプレイ的には由弦に注いでもらうのはあまり良くないのかもしれない。

だが、ルールに縛られすぎるのもそれはそれで面白くない。

「……ご主人様の好意を、無下(むげ)にするのか？」

「い、いえ……まさか……ありがとうございます」

由弦の言葉にハッとした表情を浮かべ、愛理沙は素直に由弦から飲み物を受け取った。

愛理沙が飲み物を手に取るのを確認すると、由弦はそっとグラスを掲げた。

「じゃあ……乾杯」

「……乾杯、です」

二人で軽くグラスを当てた。


さて、突き出し、前菜に続き……

スープ、魚料理（ポワソン）、口直し（ソルベ）、肉料理（アントレ）と、次々と愛理沙は料理を運んできた。

言うまでもなく、すべて一品一品丁寧に作られた代物ばかりだ。

コース料理だろうと最初に予想を立てていた由弦だが、しかしさすがに〝フルコース〟だとは思っていなかった。

ただただ、驚嘆するしかない。

「……これだけ作るのは大変だったんじゃないか？」

肉料理を食べ終えた由弦は愛理沙にそう尋ねた。

愛理沙は小さく頷く。

「まあ、それなりに……でも、本当はここまで作るつもりは……最初はなかったんですけ

と考えてたら……」

「えっと……作っているうちに楽しくなってしまったというか、あれもこれも作ろうかな
「……どういうことだ？」

どね」

「な、なるほど……」

どうやら愛理沙自身もそれなりに楽しんでいたようだ。

由弦は少しだけホッとする。

自分のためだけにここまでしてもらうのはさすがに申し訳ないからだ。

「じゃあ……そろそろ、今日の本当のメイン、デザートを持ってきますね？」

愛理沙の言葉に由弦は頷いた。

そう、今日は由弦の誕生日だ。

誕生日と言えばやはり……

「ご主人様、お誕生日……おめでとうございます」

そう、誕生日ケーキだ。

「……一応聞くけど、これも手作り？」

「もちろんです」

愛理沙は胸を張りながら大きく頷いた。

愛理沙が持ってきたのは、苺のショートケーキだった。

白いクリームの上にいちごジャムで「お誕生日おめでとう」と書かれている。

「お好きな分だけ、食べていいですよ？」

「それは嬉しい……けど、その、上手に切り分けられる自信がないから……」

「はい、分かっています。欲しい分だけ言ってくださいね？」

愛理沙は由弦が望む分だけ、ケーキを切り分け……

何故か立ち上がると、由弦の横に座った。

「え、えっと……愛理沙？」

「……失礼しますね」

愛理沙はフォークを手に取ると、ケーキを少しだけ切り取った。

そしてゆっくりと、由弦の口元に差し出した。

「はい、あーん……」

「あ、あーん……」

言われるままに由弦は口を開く。

すぐに口の中に甘いケーキの味が広がった。

「どうですか？」

「う、うん……美味しい」

「それは良かったです」

ニコニコと笑みを浮かべながら愛理沙は由弦の口元にケーキを運んでいく。

気恥ずかしい気持ちになりながらも、由弦は素直にそれを食べていく。

とはいえ、いつまでも食べさせてもらうわけにはいかない。

「……愛理沙、そろそろ俺にフォークを返してくれ」

「あ、はい……」

少し名残惜しそうな表情で愛理沙は由弦にフォークを渡した。

由弦はそのフォークでケーキを切り取ると……

「愛理沙、あーん」

「え？」

「ほら……要らないか？」

「い、要ります！」

愛理沙は叫ぶと口を大きく開けた。

由弦はそんな彼女の口元にケーキを運んであげる。

「どう？」

「……我ながらよくできたなと思います」

愛理沙はそうはにかんだ。

その後も二人は互いにケーキを食べさせ合うのだった。

※

さて、食事を終えた後……

（……無事に終わった）

ホッと、愛理沙は一息ついた。

まだプレゼントを渡せていないが……由弦の誕生会はほぼ成功したと見て間違いないだろう。

（……由弦さんも、喜んでくれているみたいですし。着た甲斐がありました）

愛理沙は自分のメイド服を見下ろしながらそう呟いた。

少し胸元が緩めだったり、スカートが短めだったり、そもそもメイド服を着ること自体が愛理沙にとっては挑戦で、恥ずかしいことだったが……

由弦の表情を見る限り、決して変に思われているわけではなさそうだった。

と、そこで愛理沙は気付く。

まだ、由弦の口から感想を聞けていないと。

「……ご主人様」

愛理沙は由弦をそう呼ぶと……

由弦の胸元に自分の胸を押し当てるように抱き着いた。

「え、えっと……愛理沙？」

困惑した表情を見せる由弦に対し、愛理沙は尋ねる。

「まだ、感想を聞いていません」

「か、感想……？　あ、あぁ!!　わ、悪い……可愛い、凄く似合ってる」

「そうですか」

一先ず愛理沙はその言葉で満足することにした。

どこがどう似合っているのか、具体的に言葉を尽くされるのはそれはそれで恥ずかしいからだ。

それにメイド服を着ている自分が由弦の目に好意的に見えているのは、態度を見ればわかる。

（……胸元をチラチラ見ているのは、許してあげましょう）

全く仕方がない人なんだから。

と、わざわざ谷間が見えるような服を着てきた自分自身を棚に上げて愛理沙はそう思った。

「もう少しよく見たいんだけど、いい？」

「いいですけど……具体的にどうすれば？」

「とりあえず、立ってみて」

由弦に言われるままに愛理沙は立ち上がった。

「これでいいですか？」

「クルッと、ターンとかできる？」

「えっと……こうですか？」

言われるままに愛理沙は片足を軸にしながら、身体を捻(ひね)った。

すると、スカートがふんわりと持ち上がるのを感じた。

愛理沙は慌ててスカートを押さえた。

愛理沙は自分の顔がほんのりと熱くなるのを感じた。

ジッと愛理沙は由弦を睨みつける。

「……狙ってやりましたか？」

愛理沙は声を低めて由弦を問い詰めた。

すると由弦は慌てた様子で首を左右に振った。

「ち、違う！　な、中を見るつもりはなかった!!」

……もし嘘(うそ)をついているならば、ここまで慌てはしないだろう。

そもそも勢いよくやりすぎた自分にも非があると愛理沙は考え直した。

とはいえ、一つだけ確認しなければならないことがある。

「……中は見たんですね？」

「そ、それは、まあ……」

見えてしまったようだ。

愛理沙の身体が焼けるように熱くなる。

（……不幸中の幸いと思うことにしますか）

幸いにも、今日の下着は見られても問題のない……

愛理沙の中でも特別にお気に入りで、かつ、新しい物だったのだ。

「……ちなみに、どうでした？」

「ど、どう、とは？」

「せっかくなので、感想を聞いてみようかなと」

どうせ見られてしまったのだから。

と、愛理沙は開き直り、由弦にそう尋ねた。

由弦は困惑した表情を浮かべながらも……

「……やっぱり君は黒が似合うなと思った」

「そ、そうですか」

「ガーターベルトは普段から……？」

「い、いえ……これはメイド服に合わせました」

愛理沙はそう言いながらそっと、スカートを捲った。

メイド服に合わせて試しにガーターベルトを購入してみたのだ。

初めて着けてみたが、意外と着心地は悪くはないというのが愛理沙自身の感想だった。

「……メイド服と一緒に買ったのか？」

「はい」

愛理沙の給料の使い道の一つだ。

普通の服を買う分はお小遣いをもらえるので、普通ではない服を購入しようと考えたのである。

「買ったと言えば……ゆづ、ご主人様！　プレゼントがあります」

愛理沙はそう言うと台所から由弦へのプレゼントを持ってきた。

お洒落な包装紙とリボンで飾られている。

「どうぞ……開けてください」

「うん、ありがとう」

由弦は小さくお礼を口にすると……

丁寧にリボンを解き、包装紙を開き、そして箱を開けた。

「これは……化粧水？」

「いろいろ考えましたが、誕生日プレゼントは無難に普段使いできて、かつ消耗品が良いかなと思いました。お髭を剃った後やお風呂上がりにでも使ってください」

最初はアクセサリーなどを贈ろうかと思った愛理沙だったが、装飾品は趣味に合うかどうかも重要になる。

万が一にも由弦が気に入らなかったら、迷惑になってしまう。

それに後に残る物はいろいろと保管にも気を遣うだろう。

誕生日プレゼントは毎年、贈り合うのだから、普段使いできる消耗品が良いと考えた。

そこで選んだうちの一つが化粧水だ。

化粧水なら、愛理沙でも善し悪しが分かる。

「なるほど。……良い機会だし、これから使っていこうかな」

由弦はそう言うと丁寧に化粧水を箱に戻した。

愛理沙の言葉通り、髭を剃った後や風呂上がりに使うつもりなのだろう。

「ところで……愛理沙。お礼をしたいんだけど、いいかな？」

「……お礼、ですか？」

「うん。こっちに来て、座ってくれ」

言われるままに愛理沙は由弦の正面に座った。

すると由弦はそっと、愛理沙の肩に手を置いた。

ゾクッとした物が愛理沙の身体の中を走った。

「いいかな?」

「は、はい……」

由弦はゆっくりと愛理沙を引き寄せていく。

背中と後頭部に由弦の手が添えられる。

そっと、愛理沙は目を瞑り……

続けて柔らかい感触がした。

ゾクゾクとした物が愛理沙の中を駆けていく。

(もう、少し……!)

長くしていたい。

深いものが欲しい。

愛理沙はそう思ったが……

しかしゆっくりと、由弦の唇は離れてしまった。

「ありがとう、愛理沙」

「……はい、どういたしまして」

愛理沙は笑みを浮かべてそう答えた。

……ほんのちょっぴり抱いた不満を隠しながら。

第四章　婚約者とハロウィン

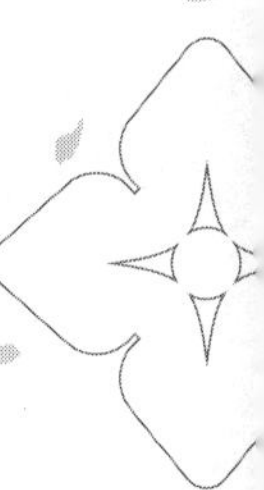

由弦の誕生日から……少し過ぎたころ。
その日はいわゆるハロウィンだった。
その日、愛理沙は少しだけ緊張しながら……由弦の家に向かっていた。
手土産は二つの紙袋。
一つは今日のために焼いてきたカボチャのお菓子。
もう一つは……亜夜香たちから借りたコスプレ、仮装グッズだった。
(ちょ、ちょっと大胆ですけど……ハロウィンだし、いいですよね？)
そんなことを考えているうちに由弦の部屋の前に到着した。
インターフォンを押すと……
ピンポーン！
と、音がなった。
しばらくして……ガチャッと鍵が外れる音がした。

しかし中々扉が開かない。

普段であれば音声で「入っても良いよ」と言ってくれたり、由弦が扉を開いてくれたりするのだが……

「……あれ？」

今回はそういったことはなかった。

しかし鍵が開いた以上、入っても良いと由弦が意思を示していることは間違いない。

愛理沙は少し不気味に思いながらも、ゆっくりと扉を開いた。

「お邪魔し……キャーッ!!」

愛理沙は思わず悲鳴を上げた。

そこには不気味なマスクを被り、黒いコートを来た〝何か〟が立っていたのだ。

そして手には大きな鎌を持っていた。

命を刈り取る形をしていた。

「ま、間違えました……!? す、すみま……ひゃっ！」

逃げようとする愛理沙の腕を、ガッシリとその化け物は摑んだ。

愛理沙は必死に暴れる。

「い、いやぁ……!! わ、私は食べても美味しくないです!!」

「俺だよ、俺。……愛理沙！」

「……由弦さん？」

愛理沙は恐る恐る振り返る。

そこにはマスクを外した由弦が立っていた。

※

「お、驚かさないでください……！」

愛理沙はプンプンとした表情を浮かべながら由弦に苦情を言った。

由弦はそんな彼女の前に珈琲（コーヒー）――ミルクと砂糖をたっぷり入れたもの――を置き、苦笑する。

「いや、そこまで驚くとは思わなくて……そんなに良い出来だった？」

「……よく見れば安物ですね」

愛理沙はそう言って由弦が脱いだコスプレ衣装をジト目で見た。

不気味なマスクは百円ショップで購入した「ペスト医師」を模した物。

大きな鎌も本物の刃物ではなく、プラスチック製。

黒いコートは黒い安物の不織布を身体に巻き付けただけだ。

「でも、それで騙（だま）されたのは愛理沙じゃないか」

「そ、それは……い、いやでも、婚約者に会いに来て不審者が出てきたら、普通、びっくりするじゃないですか！」

「でも、今日はハロウィンだし……予想できない？」

別に由弦も普段から愛理沙を驚かせようとはしない。

しかし今日はハロウィンということで気合いを入れたのだ。

愛理沙もいい意味で驚き、喜んでくれるのではないかと思っていたのだ。

「……お菓子を上げる前に悪戯しないでください」

「確かに」

正論だった。

「もう、お菓子は要らないということでいいですね？」

「欲しい。愛理沙、ごめん。俺が悪かった」

「……なら、することがありますよね？」

愛理沙はそう言いながらチラッと由弦を上目遣いで見た。

由弦は愛理沙が何を求めているのか察すると……

彼女の顎に軽く手を添えた。

「ごめん、愛理沙」

「ん……」

軽く唇に接吻する。

唇を離すと、愛理沙は顔を赤らめ、瞳を潤ませながら、身悶えていた。

「もう、少し……」

「……愛理沙？」

「いえ、何でもありません」

愛理沙はそう言うと小さく咳払いをした。

「許してあげます。……仮装するのは結構ですが、顔は隠さないでください。分かりませんから」

「はい」

由弦は愛理沙の忠告に素直に頷く。

確かに顔を隠すような仮装は良くなかった。

「ちなみに……愛理沙はお手本、見せてくれたりする？」

「……え？」

「い、いや……実は猫耳を用意しているんだけど……」

由弦はゴソゴソと猫耳カチューシャを取り出した。

去年の猫耳が可愛らしかったので、今年も着けてもらおうと思ったのだ。

あわよくば写真に収めようとも考えていた。

開幕から愛理沙を怒らせてしまい、これは難しいかとも思った由弦だが……

あっさりと許してもらえたので、この流れならばイケるのではないかと考えたのだ。

「……いえ、その猫耳は大丈夫です」

「そ、そう……？」

由弦は意気消沈した。

最近の愛理沙は意外にノリが良いので、着けてくれるのではないかと思っていたが……

どうやらダメらしい。

と思いきや……

「私は私で仮装を持ってきてますから」

「え？」

「というわけで……着替えてきます」

愛理沙はそう言うと紙袋を持ち、脱衣所に向かった。

そして扉を閉めてから、少しだけ開き、顔を覗かせる。

「覗いちゃダメ、ですからね？」

「あ、あぁ……」

いつもの〝フリ〟を終えると、愛理沙は再び扉を閉じた。

扉の奥から衣擦れの音がする。

どうやら由弦のように服の上から羽織ったりするだけで完成するような代物ではなく衣服を全て脱いでから着直すような、それなりに本格的な物らしい。

……

（期待していいんだろうか……？）

ワクワクしながら待っていると……

扉が開いた。

現れたのは……

「い、如何（いかが）でしょうか？」

黒いハイレグタイプのレオタード。

黒いタイツ。

チョーカーと蝶（ちょう）ネクタイ。

そして頭にうさ耳バンド。

いわゆる「バニースーツ」を着た愛理沙がそこに立っていた。

※

時は数日前に遡る。

「最近、由弦さんが淡泊な気がします……」

愛理沙は友人たちに不満そうな表情を向けた。

愛理沙がいるのは千春(ちはる)の部屋だ。

千春は由弦と同様に一人暮らしをしているため、彼女の部屋は女子会の会場として使われることがある。

この日も亜夜香や天香(てんか)も交えての女子会中だった。

「……また喧嘩(けんか)したの？」

呆(あき)れた表情で天香は愛理沙にそう尋ねた。

淡泊。

つまり由弦が冷淡であり、愛理沙にあまり構ってくれていない……そういう意味で捉えたのだ。

しかし愛理沙は心外だと言わんばかりに首を何度も左右に振った。

「ち、違います！　最近だって、誕生日にケーキを作って、食べさせてあげたり、食べさせてもらったりしましたし……」

唐突に惚気(のろけ)始める愛理沙。

一方、天香は砂糖のシロップ漬けを飲まされたような表情を浮かべた。

「あ、あぁ……そう……それは良かったわね。……じゃあ、何が淡泊だって言うの？」

学校での印象ではいつも通りのバカップルであり、そして聞く限りでは普通に仲良しに見える。

今の愛理沙の説明では、金持ちが「お金がない」と言っているようにしか聞こえなかった。

「淡泊というのは、冷淡とか冷たいとかじゃなくて……その、何と言うか……」

愛理沙は天香の問いに答えようとして……

何故か、恥ずかしそうに顔を赤らめながら、もじもじとし始め、肝心なところを答えようとしなかった。

すると今まで黙って聞いていた亜夜香と千春が口を開いた。

「スキンシップの数が少ないとか？」

「愛理沙さん的に物足りないみたいな感じですか？」

亜夜香と千春の言葉に愛理沙は顔を真っ赤に染めながらも……

小さく、こくりと頷いた。

「前より減ったってこと？」

天香は眉を顰めながら愛理沙に尋ねる。

すると愛理沙は首を左右に振った。

「別に減ったわけではないです。ただ……その、もう少しして欲しいというか……」

「回数を増やしたいなら、そういう機会を増やさないと」

「無理矢理にでも理由をつけるのがいいですよ」

愛理沙にアドバイスをする亜夜香と千春。

しかし愛理沙は首を左右に振る。

「いえ、回数に不満はないです……おはようのキスも、ありがとうのキスも、さよならのキスもしてくれます。してくれるんですけれど……」

恥ずかしそうにもじもじする愛理沙。

一方で亜夜香と千春は「そんなにしているのか」と呆れた表情を浮かべる。

それだけしているのに、一体何が不満だというのか……

二人には見当がつかなかった。

「ちゃんと言ってくれないと分からないわよ？」

天香は具体的に何がどう不満なのか、口にするように促した。

すると渋々という表情で愛理沙は話し出す。

「……もっと深めのが欲しいんです？」

「……深め？」

何を言っているんだ。

という表情の天香。

一方、亜夜香と千春は……

「あー、なるほど……」

「そういう感じね」

ニヤニヤと笑みを浮かべた。

二人の反応に天香も愛理沙の言葉の意味に気付き、少しだけ頰を赤らめた。

〝深めの〟とは、即ち〝深いキス〟のことである。

以前、夏休み中の海水浴でその領域に達した二人であるが……それ以降、そういう接吻をすることはできていなかった。

愛理沙はそこが不満だった。

一歩前に進んだと感じたのに、そこで停滞してしまった。

否、一歩前に下がって元の場所に戻ってしまったのではないか……と。

「まあ、ゆづるんもしたくないわけじゃないと思うよ？　遠慮してるんじゃない？」

「愛理沙さんの方からしたいと言わないと、伝わらないですよ」

「で、でも……さすがに、直接言うのは……は、はしたないじゃないですか」

愛理沙は由弦に〝清楚な女の子〟と思われたいのだ。

そして〝はしたない女〟とは思われたくない。

由弦を誘惑することは幾度もしてきた愛理沙だが、「深い方のキスをしてください」とは少し言い辛い。

「……面倒くさいわね」

ぽつりと天香は呟いた。

愛理沙もそれを自覚しているのか、申し訳なさそうに頷いた。

「……はい、すみません」

「い、いや、別に悪いとは言ってないけどね……!?」

天香は慌てて愛理沙をフォローする。

「まあ、愛理沙ちゃんの方からしたり、頼んだりができないなら、そういう雰囲気を作るように頑張るしかないよねぇ」

亜夜香は苦笑しながらそう言った。

男性の方から積極的にして欲しいという愛理沙の気持ちも理解できるが……

待っているだけではダメ、ということもまた事実だ。

「その……雰囲気というのが、分からないんです。どうすればいいんですか？　……キスして欲しい雰囲気を出すと、本当に普通のキスで終わってしまいます」

すでに接吻だけなら幾度もしていることもあり、どういう仕草、どういう表情をすれば由弦がそうしてくれるのかについては、愛理沙は何となく分かっていた。

接吻をする雰囲気を作ることはできる。

しかしそれは全て浅めで終わってしまうのだ。

「そもそも深めのをしたこと、あるんですか？　その点、重要だと思いますが……」

千春の問いに愛理沙は頷いた。

「はい、あります。……回数は少ないですけれど」

「それはどこで、どういう場面だったんですか？」

「えっと……海の中、でした……」

愛理沙は以前、由弦と深く絡み合ったことを思い出し……

顔を真っ赤にしながらそう答えた。

「海の中……あぁ、あの時ね。……やることはやってたのね」

天香は何とも言えなさそうな表情を浮かべた。

自分もあの時、海水浴には参加していたのだ。

自分の知らないところで友人たちがそんなことをしていた……

ということに若干の生々しさを感じたのだ。

「海の中ねぇ。そりゃあ、お互いに半裸なら興奮もするかぁ」

「つまりエロエロな雰囲気だったら、由弦さんも舌を出すということですね」

亜夜香と千春はなるほどと頷く。

一方、二人の生々しい言い方に愛理沙は目を背け、天香は頬を赤らめた。

「そうと分かれば、簡単だね。その時の雰囲気を再現すればいいわけだし」

「どう、どうやってこの秋に水着になるんですか……さすがにおかしいですよ……」

夏ならば「一緒にプールに行こう」などと言って由弦を誘い出せるかもしれないし、場合によっては「新しい水着を見て欲しい」などと言って部屋の中で水着になることも……

少し無理矢理感はあるが、できなくもない。

だがこの時期に水着は少しおかしい。

（泳ぎの練習……は、上達しちゃいましたしね……）

泳ぎ方を教えて欲しい。

というのも、もう使えない。

すでに愛理沙自身がかなり上達しており……由弦から「もう教えることはないね」と言われてしまったからだ。

「自然な方法というのがそもそも無理なんじゃないかしらね？」

天香の言葉に愛理沙は首を左右に振った。

「別に自然である必要はないです。……ただ、何というか、建前が欲しいというか」

由弦の前とはいえ、そういう恰好(かっこう)をするには愛理沙としてもそれなりに抵抗があるのだ。

それに「どうしてそんな恰好をするのか？」と由弦に問われるかもしれない。

自分と由弦に対する最低限の言い訳が欲しいのだ。

「そういうことなら、そろそろハロウィンですし……コスプレとか、どうですか？　お祭りなら少し羽目を外してもおかしくないと思いますよ」

「ハロウィン!?　そうですね！　それは……いい考えですね!!」

千春の提案に愛理沙は飛びついた。

つい最近も由弦の誕生日にかこつけてメイド服を着たばかりだ。

ハロウィンのコスプレということであれば、愛理沙も自分を納得させられる。

「しかし……コスプレと言ってもいろいろありますよね？　どういうのがいいでしょうか？」

「バニーガールとか、どう？」

愛理沙の問いに即答したのは亜夜香だった。

一方で愛理沙は僅かに頬を引き攣らせる。

「ば、バニーガール……ですか……ちょっと大胆なような……」

「いやいや、そんなことないって！　布も面積も多いでしょ？」

「そうですよ！　ビキニ水着とかの方がよっぽど際どいじゃないですか。普通ですって」

亜夜香と千春は二人がかりで愛理沙を説得し始めた。

二人の勢いにタジタジになる愛理沙だが……

「そ、そうでしょうか……？」

「バニーガールにしましょう！　ところでバニー服と言ってもいろいろあるのですが……」

亜夜香と千春は早速愛理沙に、バニー服の構造やどのような種類があるのかを語っていく。

愛理沙は興味津々という表情で、しかし時折顔を赤くする。

「これは最近流行の、逆バニーという代物で……」

「い、いや……こ、これはさすがに……」

じゃあ、これはどう？

これなら、まあ……

色はシンプルに黒が似合うと思います。

そ、そうですね……

と、そんな調子で愛理沙を誘導していく亜夜香と千春。

そんな二人と、そして乗せられる愛理沙に……天香は肩を竦めた。

「……あなたたちが着せたいだけじゃない」

すると亜夜香と千春は揃って天香の方を見た。

そして……

「天香ちゃんも着る？」

「うんうん」

「絶対に似合うと思いますよ！　これとか……」

「い、いや、結構よ!!」

天香は堪（たま）らず逃げ出し、亜夜香と千春はそれを追いかける。

そしてそんな三人を見ながら愛理沙は笑った。

※

そして時は戻り……

亜夜香と千春、ついでに天香に相談した時のことを思い返しながら……

バニー服に身を包んだ愛理沙は、由弦に向かって言った。

「お、お菓子をくれなきゃ……悪戯（いたずら）しちゃうぞ!?」

愛理沙は恥ずかしそうに顔を赤らめながらも……

両手を前に突き出し、ピョコンとうさ耳を揺らしながらそう言った。

ついでに胸も揺れた。

「……」

「……えっと、由弦さん？」

「あっ……悪い」

意識を取り戻した由弦はすぐに答えた。

「悪戯の方で」

「……正直、そう言うと思ってました」

愛理沙は呆れ顔をした。

しかし由弦の目には照れ隠しのようにも見えた。

「……ちなみに冗談だからね？」

「あら、そうですか？　……悪戯はいりませんか？」

「え……あるの？」

由弦は思わず身を乗り出してしまった。

もちろん、ちゃんとお菓子は用意しているのだが……できれば愛理沙からの〝悪戯〟も欲しいのが本音だ。

「そう、ですね。……まあ、大したものではありませんが、オプションのようなものはあります」

「そ、それは、どういう……」

「その前に由弦さん。その……言うことがありますよね？」

愛理沙は手を後ろで組みながら由弦にそう尋ねた。

頬を赤らめながら、じっと由弦を見つめる。

由弦は大きく頷いた。

「うん、似合ってる、凄く可愛いし……その、セクシーだ」

強調された身体の凹凸。

際どい部分まで露出したデコルテライン。

華奢で白くて美しい肩と、そこから伸びる長い腕。

そしてタイツに包まれたすらっと長く、そして柔らかそうな足。

どれも非常に美しい。

「そ、そうですか？　それは良かったです」

「それで、えっと……」

悪戯ってどんなの？

と、気になる由弦は愛理沙に尋ねようとしたが……

「じゃあ、お菓子食べましょう」

「あ、あぁ」

遮られてしまった。

「このケーキ、買うの大変じゃありませんでした？」

「うーん、まあ、一時間くらい並んだかな？」

由弦の返答に愛理沙は大きく目を見開いた。

愛理沙が食べているのはこの日のために由弦が用意したケーキだ。

とある有名店の新作であり、入手するのは少し大変だった。

「それはまた、随分と……」

「まあ、携帯を弄ってればあっという間だよ。……それよりも周囲から少し、浮いてたのが、キツかったかな」

「……浮いてた？」

「女性ばっかりだったから……」

「あははは、確かにそうかもしれませんね」

愛理沙は楽しそうに笑った。

とても素敵な笑顔だが……しかし由弦の視線はどうしても、それよりも下へと向いてしまう。

バニー服から露出した、上半分の胸だ。

深い深い渓谷がそこには存在した。

「ところで私のお菓子は……どうですか？」

「美味しい。ショートケーキにモンブランと……愛理沙は本当に何でも作れて凄いね」

モンブランっておっぱいみたいな形しているよな。

などと、どうでも良いことを考えながら由弦はモンブランを口に運んだ。

程よい甘味が口に広がる。

「基本が出来れば後は応用だけですから。ところで……その、由弦さん」

「どうした？」

「そんなに気になっちゃいます？」

愛理沙は小さく笑いながら自分の胸を指さした。

由弦の心臓が大きく跳ねる。

「わ、悪い……」

「いえ、別にダメとは言ってません。……そんなに気になるのかなと」

「そ、それは、まあ……」

目の前に大きな胸と谷間があれば自然と視線が吸い寄せられてしまう。

男の性だ。

それに加えて由弦にはどうしても心配なことが一つだけあった。

「一つだけ、気になっていることがあるんだけど……聞いていい？」

「何でしょうか？」

「その……この、胸のこの部分って……捲れたりしないのかなって？」

胸の下から半分を覆う、三角形の生地。

その部分が捲れたりしないのか、そもそもどうやって張り付いているのか由弦には疑問だった。

肩紐(かたひも)のような支えがあるわけではないのだ。

胸が揺れるたびに、捲れるのではないかと心配……と期待半分で、気になって仕方がない。

「あぁ……これですか？」

愛理沙は由弦の指摘に対し、バニー服に触れた。

そしてバニー服に浮かび上がる線のような物をなぞりながら由弦に説明する。

「ここにワイヤーみたいなものが入ってるんですよ。初めからこういう形になっているので、捲れたりとかはないです。コルセットみたいになってて、身体にしっかりと固定されていますし」

「へぇ……」

そうだったんだ。

と、由弦は素直に感心した。

「さて、由弦さん。……そろそろお菓子、食べ終わりましたよね？」

「え？　あぁ……」

由弦が頷くと……

愛理沙は正座になった。

そして太腿(ふともも)を軽くポンポンと叩(たた)いた。

「膝枕、してあげます」

※

「どうですか？　由弦さん。ご気分はいかがですか？」

「うん、心地よいよ」

愛理沙の太腿の上に頭を乗せながら由弦は答えた。

後頭部からは柔らかい太腿と、タイツ独特の感触が伝わってくる。

そして目の前にはラバー素材に包まれた大きな胸があった。

「……去年のハロウィンも、こうしてもらった記憶がある」

「そう言えば……そうでしたね。……あの時は逃げられちゃいましたけど」

愛理沙はそう言いながら由弦の頭を撫(な)でた。

今回は逃がさない。

そんな愛理沙の意思を感じた。

もっとも……由弦も逃げるつもりはないが。

「では、由弦さん。そろそろ……悪戯、してあげます」

愛理沙はそう言うと懐から一本の棒を取り出した。

耳かきだ。

「横を向いてください」

「……分かった」

言われるままに由弦は横を向いた。

しばらくすると耳に触られ、さらにひんやりとした感触の耳かきが耳の中に入ってくるのを感じた。

ガサガサと、耳の中を擦るような音がする。

「どうですか？ ……痛くありませんか？」

「うん、大丈夫。気持ちいいよ」

「なら良かったです。……少し場所を変えますね」

愛理沙の言葉と同時に、少し耳かきのポジションが変わった。

(……不思議な感覚だ)

由弦はそんな感想を抱いていた。

何しろ、誰かに耳掃除をしてもらうなど、何年も前に母親にしてもらって以来だ。

（痒（かゆ）いところに手が届くようで、届かないような、気持ち良いような、擽ったいような、むずむずするような……）

「あ、そこいい感じ！」という時もあれば「そこじゃないんだよな……」という時もある。

自分ではコントロールできないので、何となく焦（じ）らされている感じもする。

しかしそれが悪いかと言われると決してそうではない。

（これはこれでアリだ……）

由弦は目を瞑（つぶ）り、耳かきの感触に集中する。

心地よさからか、じんわりと湧きだした眠気に身をゆだねていると……

「ふーっ！」

「わぁ!!」

由弦は思わず声を上げた。

突然、耳の中に息を吹きかけられたからだ。

「ふふふ……」

由弦の驚きようが面白かったのか、愛理沙は嬉しそうに笑った。

由弦は少し恥ずかしい気持ちになった。

「驚かさないでくれよ」

「悪戯中（いたずらちゅう）ですよ？　油断した方が悪いんです。……まあ、そんなに驚くとは思ってませんでしたけど」

　驚かす意図はなかった。

と、そう言う愛理沙だが……由弦としてはむしろその方が恥ずかしかった。

「じゃあ、由弦さん。反対側、向いてください」

「ああ、分か……」

　言われるままに由弦は反対側を向き……

　思わず息を飲んだ。

　目の前に愛理沙のバニー服に包まれた際どい部分が現れたからだ。

　女性らしい柔らかそうな丸みを帯びていることが見て取れた。

（い、いかんな……）

　由弦は慌てて目を瞑った。

　これで視界に愛理沙の魅力的な部分が映ることはない。

　しかし……

（良い匂いがするな……）

　目を瞑ったことで、視覚以外の感覚が強化されたのか……より鮮明に愛理沙の匂いを感じ取れてしまった。

　先ほど、反対側を向いていた時に感じられなかったのは、やはり顔の向きの問題だろう。

今は愛理沙の方へと鼻先を向けているため、より強く感じられた。

(でも、普段と少し違う感じがする……)

由弦が知っている愛理沙の匂いは、髪やうなじの香りだ。

シャンプーの香りを主成分とする、甘くて柔らかい匂い……それが由弦がよく知る愛理沙の香りだ。

しかし今日は場所が違う分、僅かに異なった匂いがした。

どこか甘酸っぱく、切ない……そんな感じがした。

「どうですか……？　由弦さん」

「うん……ありがとう。そろそろいいよ」

耳かきを十分に堪能した由弦はゆっくりと起き上がった。

そして愛理沙に向き合う。

「ありがとう、愛理沙。……お礼に何か、できること、あるかな？」

ただ耳かきをしてもらうだけでは申し訳ない。

そんな気持ちから由弦は愛理沙にそう言った。

「お、お礼、ですか。そ、そうですね……」

由弦の言葉に愛理沙はモジモジとした仕草をしてみせた。

潤んだ瞳で由弦を見上げ、何かを考え込んだ様子を見せ、そして……

「き、キス……してもらえますか？」

「そのくらいなら」

由弦は頷くと、愛理沙をそっと抱きしめた。

それから頬、額に軽く接吻をしてから……

愛理沙の顎を少し持ち上げると、その艶やかな唇に自分の唇を押し当てる。

「これでいい？」

由弦の問いに対して愛理沙は……

何も答えなかった。

しかしじっと、由弦を見上げ続ける。

「えーっと、愛理沙？」

「そ、その……」

由弦の問いかけに愛理沙は恥ずかしそうにしながら……言った。

「もっと、してもらえませんか？」

※

「も、もっと……？」

「……はい、もっとです」

「そ、それは、えっと……どういう……」

由弦の問いに対し愛理沙は少し残念そうな表情で言った。

「言わないと……ダメ、ですか？」

「……いや、分かった」

婚約者にここまで言わせたのだ。

これ以上言わせるのは男として不適格だろう。

そう考えた由弦はあらためて愛理沙の身体を強く抱きしめた。

片手で剝き出しの背中を支え、もう片方の手で後頭部を支える。

「じゃあ、もう一度しようか」

「……はい」

愛理沙は準備はできていると言わんばかりに目を閉じた。

由弦はそんな愛理沙の唇へと、再び自分の唇を重ね合わせる。

ここまでは先ほどと同じ。

（き、緊張するなぁ……）

由弦は緊張で自分の心臓が激しく鼓動するのを感じた。

軽い接吻なら気軽にできるようになった由弦だが、深い方は経験不足もあり、どうしても緊張してしまうのだ。

上手くやれるかどうか、分からない。

しかし……

（ここで引くわけにはいかないよな……）

意を決した由弦は唇を動かし、より密着させた。

「んっ……」

すると愛理沙は小さな吐息を漏らした。

由弦は僅かに口を開くと、舌を出し、軽く愛理沙の唇に触れた。

「……んん」

僅かに愛理沙の唇が開いた。

由弦はその隙間にゆっくりと、自分の舌を差し込んだ。

舌を奥に進ませると……

柔らかく、しかし僅かにザラッとした感触の物に触れた。

由弦はそれと自分の舌を絡ませる。

「んっ……」

舌と舌を絡ませていると……

うっすらと愛理沙が目を開けた。

蕩(とろ)けた瞳でこちらを見上げながら、愛理沙は両手の力を込めて、がっしりと由弦の身体を抱きしめた。

そして……

「んぐっ……」

愛理沙の舌が由弦の唇に触れた。

反射的に唇を開くと、由弦の口の奥の中に愛理沙の舌が入り込んできた。

互いの舌と舌が何度も行き来する。

そして長い長い時間が流れて……

「はぁ、はぁ……」

「ふぅ……」

二人はようやく、唇を離した。

二人とも息を荒らげており、また顔も赤く染まっている。

「これでいいかな？　愛理沙」

「……はい」

愛理沙は小さく頷くと由弦の胸に顔を埋めた。

そしてそのまま動かなくなった。

由弦はとりあえず、愛理沙の頭を撫でることにした。

そして撫でること数分……

「……由弦さん」

ゆっくりと、愛理沙は顔を上げた。

時間が経過したことで愛理沙の顔の赤みは引いていた……ということはなく、むしろ先ほどよりもずっと赤くなっていた。

「へ、変なことを頼んで……す、すみません」

どうやら冷静になったことで、恥ずかしくなってしまったらしい。

気まずそうに顔を背けている。

「いや、気にしなくていい。……俺もしたいと思ってた」

「……そう、なんですか？　じゃあ、えっと、どうして……」

「失敗したら嫌だなって……」

「なる……ほど？」

愛理沙は不思議そうに首を傾げた。

「……変かな？」

「いえ……ただ、失敗なんてあるのかなと……」

「変なタイミングでそんなことをして、君に怒られたら嫌じゃないか」

どういう雰囲気、タイミングで浅い接吻と深い接吻を使い分ければ良いのか分からない……というのが由弦の本音だ。

もちろん、歯が当たったりしたら気まずいな……という行為そのものに対する失敗を恐れる気持ちもある。

「それは……そう、ですね」

愛理沙もTPOの区別もなく、やたらと深い接吻をされるのは遠慮したいのだろう。

難しそうに眉を顰(ひそ)めた。

「……俺も常にそうしたいわけでもないし」

愛理沙とは〝おはようのキス〟〝お別れのキス〟〝ありがとうのキス〟を何度も繰り返しているが、その全てを〝深い接吻〟に置き換えるのは由弦としても苦しい。

体力と気力を使うからだ。

加えて相応に悶々(もんもん)とした気分になるため、その後の活動に影響が出る。

「……何か、サインとか考えますか？」

「サインか……それなら言ってくれた方が……」

「やっぱり、言わないと……ダメですか？」

「い、いや、そういうわけでもないけれど……」

由弦と愛理沙はお互いに悩み合い、そして……

「……お互い、察せられるように努力しましょうということで」

「そうだね。回数を熟せば、そういうのも分かるようになるだろうし……」

後回し、という結論に至るのだった。

※

ハロウィンから数日が経過したある日の……

千春の自宅にて。

「ハッピーハロウィン！　……ということで私からはモンブランです」

愛理沙は友人たち——亜夜香、千春、天香——の三人にケーキを差し出した。

亜夜香は目を輝かせ、千春は感嘆の声を上げ、そして天香は少しだけ申し訳なさそうな表情を浮かべた。

「さすが、愛理沙ちゃん!!」

「手が込んでますねぇ」

「な、なんか、申し訳ないわね……」

本日はハロウィンパーティー……と題した女子会の日だった。

それぞれが仮装をし、お茶やお菓子を持ちより飲み食いしながら、日頃の愚痴や面白い話をする……と、つまりやっていることは普段とあまり変わらない。

「由弦さんに食べさせるついでに作ったやつなので、気にしないでください」

「そ、そう……？」

天香だけが申し訳なさそうなのは、彼女が市販のお菓子を持ってきたからだ。

あまり料理が得意ではないので、自作するよりもデパートで買ってきた方が良いだろうという彼女なりの判断ではあったが……

しかし亜夜香も千春も愛理沙も、揃って手作りの物を持ってきたので、少しだけ肩身の狭い思いをすることになった。

「私も楽しいから作っただけだから」

ウキウキとした表情でモンブランを食べ始めながら亜夜香はそう言った。

そんな彼女は黒いエナメル生地のビキニのような衣装を身に纏っていた。

背中には黒い羽根、お尻からは三角形の尻尾が飛び出ている。

本人曰く、〝サキュバス〟の仮装だ。

「実際、市販品の方が美味しいですからね。まあ、出来立ては別ですが……」

そう言いながら天香が持ってきたクッキーを口に運ぶのは千春だ。

彼女もまた巫女の仮装をしていた。

もっとも、通常の巫女服とは少し異なり、腋の部分の生地がなかった。

「そ、そう言ってもらえると嬉しいけれど……」

「私としては、お菓子なんかよりも大きな問題があると思いますけどね」

由弦に披露した物と同様のバニー服に身を包んだ愛理沙が、天香を見ながらそう言った。

天香はビクッと身体を震わせた。

「な、何……？」

「仮装はどうしたんですか、仮装は」

天香は仮装と言える物を身に纏っていなかった。

普段の私服で来たのだ。

市販のお菓子よりも、そちらの方がよほど〝空気が読めてない〟と言えるだろう。

「い、いや、だって……き、聞いてないし……は、恥ずかしいし……」

天香は顔を赤らめ、もじもじしながらそう言った。

それから亜夜香、千春、愛理沙の三人を軽く睨む。

「そ、そもそも……あなたたち、過激なのよ。もっと……普通の健全な仮装をしなさいよ」

天香の指摘はなるほど、もっともであった。

亜夜香、愛理沙は大胆に肌を露出させているし、千春の巫女服も肩から二の腕の生地が不自然にカットされているため、サラシに包まれた大きな胸の横の部位が露出していた。

とても外を出歩ける恰好ではない。

「健全じゃないと思う天香ちゃんの心が不健全なんじゃない？」

「そうですよ。……私の服装とか、巫女服ですよ？」

「……別に女の子同士ですし？」

亜夜香はニヤニヤと笑みを浮かべながら、千春は堂々と胸を張り、愛理沙は少し恥ずかしそうに目を逸らしながらもそれぞれ答えた。

「ま、まあ、着て来いと言われても……そもそも私はそんなの、持ってないけれどね」

持ってないから着たくても着られない。

あぁー、悔しいなぁー。

などと、わざとらしく天香はそう言った。

そんな天香に対し……

亜夜香はにんまりと笑みを浮かべた。

「そこは安心してよ。どうせ、天香ちゃんは持ってないと思って……天香ちゃん用のを用意しておいてあるからさ」

「えっ……？」

天香の顔が引き攣る。

「い、言っておくけど……あ、あなたと同じような物は絶対に着ないわよ？」

「同じじゃつまらないでしょ？　大丈夫。チャイナドレスだから……ほら、前回のミスコン用のやつ」

「ちゃ、チャイナドレス……それなら……い、いや、でも……」

チャイナドレスならそんなに変ではないかもしれない。

いや、でもこの集団と比較すれば普通なだけでやっぱり変な気が……

と葛藤を始める天香。

「うん、無理強いはしないよ。……せっかく用意したから、着て欲しいけれど」

「私も見たいです！　きっと、似合うと思います！」

「……天香さんだけ私服は寂しいですよね」

三人が口々にそう言うと……

「う、うー……ま、まあ、少し、だけなら……」

渋々という表情で天香は首を縦に振った。

三人は顔を見合わせると、ニヤリと笑みを浮かべた。

「ジャジャーン！　ほら、天香ちゃん、恥ずかしがっちゃダメでしょ？　前に出て……ほら、どう？　みんな!!　似合ってるよね？」

天香を着替えさせた亜夜香は、彼女を前に出すと大きな声でそう言った。

一方、天香はチャイナドレスの裾を握りしめながら恥ずかしそうに顔を俯（うつむ）かせ、呟く。

「だ、騙(だま)されたわ……」

確かに亜夜香が用意した仮装はチャイナドレスだった。

しかし普通のチャイナドレスではなく、裾が異様に短い……いわゆるミニスカチャイナドレスだったのだ。

「いいですね！　見えそうで見えない感じがとっても素敵です!!」

キャッキャと嬉しそうに千春は手を叩(たた)いた。

天香はどうにか生地を伸ばそうと下に引っ張ったりしているが……その仕草は亜夜香や千春を喜ばせるだけだった。

「とってもよくお似合いですよ。天香さんは足が長くて綺麗(きれい)ですから。似合うと思っていました」

愛理沙もまた頷きながら天香を褒める。

同時に彼女がもし学園祭でのミスコンに出ていたら、少し厳しい勝負になっていたかもしれないと、安堵(あんど)した。

「ねえ、天香ちゃん。……脚を、こう、上げてもらうことってできる？」

「写真、オッケーですか？」

「イヤ！　ダメ!!」

裾を押さえながら天香は叫んだ。

それからセクハラを繰り返す亜夜香と千春と、幾度かの攻防を繰り広げてから……

「と、ところで……高瀬川君との、それは上手く行ったのかしら？」

「えっ⁉」

亜夜香と千春を躱すために、天香は強引に話題を変えた。

亜夜香と千春は天香の強引な話題転換に気付いたが……しかし愛理沙を追及した方が面白そうだと判断し、その流れに乗った。

「そうだよ！　どうだったの？　愛理沙ちゃん」

「あつーいキスは交わせましたか？」

ニヤニヤと笑みを浮かべながら二人は愛理沙にそう尋ねた。

一方の愛理沙は顔を真っ赤にして――ついでに天香を睨みながら――小さく頷いた。

「え、えぇ……まあ……それなりに？」

「それなりにじゃ分からないけど」

「どこまで行ったんですか？　……もしかして、大人の階段上っちゃいましたか？」

「の、上ってないです！」

愛理沙は大きく首を何度も左右に振った。

「私と由弦さんは……あくまでプラトニックな関係で……」

「へぇー、バニー服ってプラトニックだったのね」

天香はわざとらしく驚いたような声を上げた。

一方、揶揄われた愛理沙は天香を睨みつける。

「うるさいです。私がプラトニックだと言ったら、プラトニックなんです！」

そして堂々と開き直ってみせた。

もっとも、顔は赤いままなので照れ隠しなのは明白だ。

亜夜香は満足そうに頷いた。

千春も同様に大きく頷いた。

「そうですねぇ。……あ、そうだ。以前のご提案、由弦さんと話してくださいましたか？」

「……以前の提案、ですか？」

「ほら、私の子供と愛理沙さんの子供のお話ですよ」

ニコニコとした表情で千春はそう言った。

自分の子供と、由弦と愛理沙の子供を、政略結婚させて上西・高瀬川の友好の架け橋にしよう……

というのが千春がした〝以前の提案〟の中身である。

「あ、あぁ……その話ですか」

千春の問いに愛理沙は曖昧な笑みを浮かべた。

愛理沙の態度に千春は首を傾げる。

「あれ？　まだしていませんでしたか？　由弦さんにも話は通したはずですが……」

「あぁ、いえ……正直、冗談だと思ってましたので、あまり真剣には……」

愛理沙は千春にその話をされた時、冗談だと思っていた。

しかし由弦とその話をした時、少なくとも由弦は──あくまで未来の、不確定の話であることを前提にだが──冗談ではないという捉え方だった。

愛理沙はそのことに強い引っ掛かりを覚えた。

「冗談でそんな話はしませんよ。もっとも、まだまだ先の話ですし、その時にお互いがどうなっているかは分かりませんから、仮定に仮定を重ねた話ですが……」

もし、お二人のお子さんの婚約者を決めるという段階になったら、我が上西の子を有力候補としてください。

と、千春は笑みを浮かべながら言った。

「せっかくだし、私も便乗しちゃおうかな？　……橘も忘れないでね？」

亜夜香はニヤッと笑みを浮かべて言った。

二人の勢いに愛理沙は顔を引き攣らせながら頷いた。

「は、はい……お、覚えておきます……」

遠い未来の話として、頭の片隅に。

と、愛理沙は曖昧な返事をするのだった。

※

空が赤く染まりだした頃。

暗くなる前に帰ろうということで、その日の女子会はお開きとなった。

「じゃあねー」

車に乗り込み、手を振る亜夜香を見送った愛理沙と天香は、顔を見合わせた。

「私たちも帰りましょうか」

「そうね」

二人で駅に向かい、電車に乗り込んだ。

「……天香さんにお聞きしたいんですけれど」

それぞれ座席に座って早々に愛理沙は切り出した。

天香は首を傾げる。

「何かしら？」

「政略結婚の話……どう思います？　私は正直……そんな未来の、できてもいない子供の話をされても、困惑するしかないのですが……」

愛理沙は不安だった。

というのも、千春の態度があまりにも堂々としていたからだ。

加えて亜夜香もまた、千春の提案にそれほど驚いた態度を見せていなかった。

もしかしたら自分の感覚がおかしいのではないか。

と、自分で自分を疑いたくなる気持ちになっていた。

「いや……愛理沙さんの感覚が普通だと思うわよ？」

「そう……ですか？」

「そもそも、お見合い自体、世間的には珍しいじゃない」

恋愛結婚が当たり前となり、お見合いすら珍しくなっている昨今。

政略結婚をする人間など、絶滅危惧種だろう。

それが生まれてもいない子供が対象となると……もはや化石だ。

「いや……その、由弦さんや千春さんのようなお家だと、当たり前なのかなと……」

愛理沙も一般的には自分の常識が正しいことは分かっている。

しかし……いわゆる〝上流階級〟的な人間同士については、自分の庶民感覚の方がおかしいのではないか？

と、疑問を抱いたのだ。

「あなたは自覚がないかもしれないけど、雪城（ゆきしろ）……というか、天城家（あまぎけ）もかなり良い家柄でしょ」

「そう……らしいですね」

今は経済的に衰えてしまっているが、雪城家や天城家も昔は相当の権勢を誇った一族である。

特に家柄という観点で考えると……高瀬川宗玄（由弦の祖父）が目を付ける程度には良い一族だ。

「その一族のあなたがおかしいなと思うなら、それが答えでしょ？　……それとも、あなたのご家族はみんな、そんな遠い未来の話を考えているの？」

「……いえ、そんなことはないですね」

政略結婚に前向きと言える天城芽衣（愛理沙の従妹）ですら、「まだ生まれてない子供の婚約話なんて、冗談でしょう？」という態度だった。

それが普通の感覚だ。

「ちなみに高瀬川君は実際のところ、どんな感じなの？　千春さんの提案にノリノリなの？」

「いえ、別にそこまでは。……ただ、可能性としてはあり得るというか、前向きに考慮しておく感じではありましたね……」

仮定に仮定を重ねた話。

遠い未来の話。

もし子供ができたら。その子供たちが乗り気だったのなら。

と、前置きをしてはいるものの……

前向きに捉えていることは明らかであった。

「へぇ……やっぱりそうなのね。さすがは高瀬川家ね」

「さすがとは……？」

「高瀬川家と上西家は古臭い考えをしている人たちの中でも、特別に古臭いと有名だからね」

天香は肩を竦めた。

「やっぱり世襲とか、家の名前とか、血縁とか……そういうのに拘っているところがあるのかしらねぇ」

「……天香さんのお家は違うんですか？」

凪梨家はいわゆる〝宗教団体〟と、それに付随したビジネスを行っている。

そして天香もそれを継ぐだろう……と愛理沙は聞いていた。

天香と天香の両親も〝家を継ぐ〟ことに拘っているように見えるが……

「そりゃあ……できれば継いで欲しいと思っているみたいだけど。それ以上は特別に期待されているわけでもないわ。私の両親や祖父母は最低限、結婚して跡継ぎを作ってくれさえすれば相手が誰であろうとも構わないと思っているわ。というよりは、結婚してくれると嬉しい……という感じかしらね？」

天香の両親や祖父母はそこまで世襲に拘っているわけではない。

もちろん、天香に継いで欲しいと思っているし、天香に子供が生まれたらその子にも継いで欲しいと思うだろう。

だがまだ生まれていない子供に継いで欲しいとまでは思っていない。

子供に継いで欲しいと思っているわけであって、継いでもらうために子供を作ったわけでも、作ってもらいたいわけでもない。

「……普通、ですね」

愛理沙は呟いた。

〝家業を継ぐ〟と言えば仰々しく聞こえるが、子供に自分と同じ仕事をして欲しいと思うことは、親としてはそれほどおかしなことではない。

そして子供が親と同じ仕事をしたがるのも、特別におかしなことではない。

愛理沙の養父と義妹……天城直樹と天城芽衣も、天香と同じような考えだ。

「そう。同じ価値観で良かったわ」

天香は笑みを浮かべた。

一方で愛理沙は物憂げな表情だ。

「私と由弦さんは価値観が違うということになりますね……」

「うーん、まあ、そうね。彼はきっと……〝継いでもらうために生まれた子〟だろうし」

継いでもらうために子供を産み、育てる。

それは自分の子供に継いで欲しいと願うのと、似ているようで、正反対だ。

継がせることが前提にあるのだから。

高瀬川由弦という人間はそういう両親と家の下に生まれた。

「……由弦さんにとって、普通じゃないのは私、ですか」

「そうなるわね。そう簡単に価値観なんて変えられないし。でも、だからと言って……」

と、そこまで言いかけて電車が止まった。

天香が住んでいるマンションがある、最寄り駅に着いたのだ。

「じゃあ、私はこれで」

「はい。また明日」

天香は座席から立ち上がり、電車から降りた。

そして愛理沙を見送りながら……呟いた。

「……頑張ってね」

第五章　婚約者と修学旅行

十一月半ばのある日……

「あ、見てください、由弦さん。富士山が見えましたよ」

新幹線の小さな窓に映る青と白の山を指さしながら、愛理沙は嬉しそうに言った。

由弦も大きく頷く。

「そうかぁ……もう、富士山が見えるところまで……到着まであと、どれくらい？」

由弦の口から思わずため息が漏れた。

目的地——京都・奈良——までの道程の、三分の一程度をようやく進んだくらいか。

これから富士山が見えなくなるまで進まなければならない。

「うーん……あと一時間くらいですね。……というか、由弦さんも持ってますよね？　しおり」

修学旅行の旅のしおりを読みながら、愛理沙はそう言った。

由弦は小さく肩を竦め、小さく笑った。

「っふ……人生ってのは、予定通りいかないのか常々だからね。俺はそんなものは……」

「面倒くさいからあまり読んでないということですか」

「要するにそういうこと」

由弦の答えに愛理沙は呆れ顔をした。

そう、本日、由弦と愛理沙を含めた、二年生たちは修学旅行に出かけていた。

期間は三泊四日、目的地は王道の京都・奈良だ。

「楽しみじゃないんですか？」

愛理沙は不思議そうな表情でそう言った。

どうやら愛理沙は楽しみで仕方がなく、しおりを何度も読み込んできたらしい。

早朝、少し眠そうにしていたのが印象的だった。

もっとも、今は興奮からか眠気は感じていないようではあるが……

（……後で眠くならなければいいが）

由弦の肩に頭を乗せて眠る……

そんな愛理沙の姿を幻視した。

「まさか！　君と一緒の旅行だからね。楽しみじゃないはず、ないじゃないか」

由弦はそう言いながら愛理沙の髪を軽く撫でた。

愛理沙は心地よさそうに目を細める。

「そうですか？　それなら良かったですけれど」

愛理沙は深く追及することなく笑みを浮かべた。

やはり機嫌が良さそうだ。

（……別に楽しみじゃないというわけではないんだけれど）

かといって、愛理沙ほど楽しみにしている、ワクワクしているというほどではない。

というのが由弦の本音だ。

実は京都・奈良は家族で何度も訪れたことがある。

同じところを何度も見て楽しめるほど、由弦は歴史好きではない。

だから愛理沙と、そして友人たちとの旅行という意味ではそれなりに楽しみではあるが

……

京都、奈良かぁ……という気持ちはある。

もっとも、それを楽しみにしている愛理沙に告げてもあまり意味はない。

世の中には言わなくても良い本音、言わない方が良い本音があるのだ。

「いやぁ、そこまで楽しみにしてくださるとは。地元の人間としては嬉しい限りです」

ニコニコと笑みを浮かべながらそう言ったのは、愛理沙の前の席――座席を回転させているため、正面とも言える――に座っている少女。

上西千春（うえにしちはる）だった。

そう、彼女の実家は京都にある。

……彼女にとっては実質、里帰りだ。

果たして楽しめるのか、やや疑問だ。

「そう言えば千春さんと天香のご実家って、京都ですよね？」

「ええ、まあ……えっと、寄りたかったりします？　私としては、ただでさえ薄い修学旅行気分をより薄めたくはないのですが……」

やはり千春としては、修学旅行先が京都・奈良なのはあまり嬉しいことではないらしい。

そして千春の隣に座る少女、凪梨天香もまた首を大きく縦に振る。

「……私も、その、実家に招待するというのは、いや、別にダメというわけではないけれど」

凄く嫌そうな表情で天香はそう言った。

愛理沙は慌てた様子で首を左右に振る。

「い、いや、別に寄りたいというわけではないです。いえ、寄りたくないと言えば語弊がありますが……」

今度、また別の機会にお願いします。

と、愛理沙が言うと千春と天香は大きく頷いた。

二人とも修学旅行でなければ問題ないようだ。

「どうせ行くなら、遊園地がいいですよ、遊園地。……せっかくですし、大阪まで行きませんか？」

ニヤニヤと千春は笑みを浮かべながらそんなことを言い出した。

愛理沙は呆れた表情を浮かべる。

「ダメに決まってるじゃないですか、関係ないところに行っちゃ……」

「大丈夫ですよ。自由行動ですし、先生たちだって常に見張ってられるわけじゃないですし……」

どうやら千春は冗談ではなく、本気で行きたいらしい。

確かに彼女にしてみれば、地元で観光するよりは遊園地で遊びたいのだろう。

しかしそんな千春に愛理沙は苦言を口にする。

「お気持ちは分かりますが……レポート課題はどうするんですか？」

由弦たちの高校の修学旅行は原則自由行動だ。

しかし授業の一環である以上、遊び惚けたり、観光に興じ続けたりして良いわけではない。

事前に京都や奈良に関連する研究テーマを設定し、それを調べなければいけないのだ。

そこから外れてはいけないし、後でレポートの提出も義務付けられている。

「え⁉　愛理沙さん、真面目に調査をするつもりなんですか⁉　修学旅行なのに……」

「修学旅行ですよ？　その辺りは最低限、ちゃんとしないと……」

二人は驚いた表情を浮かべ……

それから同意を求めるように周囲の面々の顔を見回した。

「俺は好きに観光して、後からこじつけるつもりでいる」

そう答えたのは通路を挟んで反対側の座席に座っている少年、佐竹宗一郎だ。

そしてそれに同意するように頷くのは……宗一郎の隣に座る少女、橘亜夜香。

「私も……宗一郎君のを後で見せてもらって、パクるつもりでいる！」

何故か自慢気に胸を張る亜夜香に苦笑しながらも……

由弦も続けて答えた。

「俺は……わざわざ外で調べなくとも、本とネットで分かることをテーマにして、事前に作っておいた。……修学旅行中に課題レポートが脳裏にチラつくのは嫌だからね」

由弦、宗一郎、亜夜香は千春派だった。

我が意を得たりと千春は得意気な表情を浮かべる。

「私も由弦さんと同様に事前に作ってあります。修学旅行は遊び倒すつもりです」

せっかくの修学旅行です。

勉強のことなんか考えず、遊ぶのが〝普通〟です。

と、千春は堂々と主張したが……

「俺はそれなりに真面目にやるぞ……上手い嘘を作る自信がないからな」

「私も最低限、体裁は整えるわ」

聖と……そしてその隣、丁度千春と聖の間に座っている少女、凪梨天香は愛理沙の意見に賛同を示した。

味方がいることに愛理沙はホッと息をつく。

しかし千春は得意気な表情を浮かべたままだ。

「多数派は私ですね」

「むむ……」

勝ち誇った表情の千春に対し、愛理沙は少し悔しそうな表情を浮かべた。

それから由弦に向き直った。

「由弦さん！　私の婚約者なら私の意見に賛成してくださいよ!!」

「い、いや、それとこれとは話が別というか……」

愛理沙の味方をしてやれないことが申し訳ないと思いつつも、由弦は考えを改めるつもりはなかった。

……課題レポートのことを考えながら修学旅行に参加したくないからだ。

「むむ……まあ、皆さんの課題ですから、そこはご自由だとは思いますが……しかし大阪は説明のしようがないかと……」

あくまで「京都・奈良について調べましょう」という課題なのだ。

もし教師に見つかり、どうして大阪にまで行ったのかと問われた時の説明ができない。

「大丈夫ですって、バレなければ……」

千春はニヤニヤと笑みを浮かべながら言った。

これには愛理沙は困惑の表情を浮かべる。

「そ、それは……い、いや、でも……」

「ほら、由弦さん。……婚約者として、言ってあげてくださいよ」

由弦は〝仲間〟として認識されているようだった。

確かに由弦は千春と似た意見を持ってはいるが……

「さすがに大阪まではなぁ……教師も駅で張ってるんじゃないか？」

大阪まで遊びに行こうという千春の案には賛同しにくい。

由弦は〝婚約者〟として愛理沙の味方をすることにした。

これには愛理沙も満面の笑みを浮かべる。

一方で千春は……

「むむ……まあ、いいでしょう」

あっさりと引き下がった。

さすがにルール違反は良くないと考え直した……

というよりは、愛理沙や聖、天香たちに配慮したのだろう。

三人は真面目に課外調査をするつもりなのだから、大阪で遊ぶわけにはいかないのだ。

「なら、全力で観光を楽しむことにしましょう。案内は任せてください！」

そう言いながら千春は大きく胸を張った。

何だかんだで、友人と一緒に旅行をすることそのものは楽しみのようだった。


「……しかし、面白いな」

「何が面白いの？　聖君」

「いや……価値観や考え方の違いが色濃く出たなと。特に課題に関しては真っ二つに……」

「あぁ……確かに。育った環境の違いなのかしらねぇ……」

天香と聖は小声でそんなことを話すのだった。

※

それから新幹線に揺られること、約一時間。

一行は目的地――京都駅――に到着した。

ここからは各自、自由行動だ。

あらかじめ提出した計画通りに動く者もいれば、こっそりと遊園地に向かう者もいたりする。

さて、由弦たちは……

一応、前者であった。

バスと地下鉄を使い、観光地や名所、博物館を回っていく。

そして時は過ぎ、時刻は十五時。

「とりあえず……今日のうちに回らないといけないところは回れたということかしらね」

「そうだな。思ったよりもスムーズに進んだな」

天香と聖は満足そうに言った。

二人とも課題に必要な最小限の調査を、この日のうちに終わらせることができたのだ。

まだ三日もあることを考えれば、スケジュール的にはかなりの余裕がある。

「愛理沙ちゃんのおかげだね」

亜夜香は笑みを浮かべながら愛理沙を褒める。

由弦も同意するように大きく頷いた。

「あぁ……感謝しろよ」

「なぜ、お前が偉そうなんだ……」

宗一郎が呆れ顔をした。

効率的に回ることができたのは、愛理沙が各々が行きたい場所を聞き取り、観光ルートを練ってくれたからだ。

そのため迷うことなく、回ることができた。

「いやぁ、しかし愛理沙さん様々ですねぇ。……私よりも詳しくないですか？」

千春もまた愛理沙を持ち上げた。

今回、地元の人間であるはずの千春はあまり役には立たなかった。

……お嬢様である彼女は、地元の公共交通機関に詳しくなかったのだ。

「あ、あまり持ち上げないでください……とりあえず、ホテルに向かいましょう」

自由行動とはいえ、当然いつまでも外出していていいわけではない。

事前に学校が予約したホテルへ、十七時までに戻るのが規則だ。

ホテルまではそれなりの距離があるが……

二時間もあれば間に合うだろう。

こうして由弦たちはホテルへ移動しようとする。

だが……

「あの……愛理沙さん。一つだけ……明日以降の予定を教えて貰えますか？」

「明日ですか？　明日は……」

愛理沙はメモ帳を取り出し、千春に見せた。

すると千春の表情が曇った。

「……清水寺が入ってないじゃないですか！」

「え？　でも、千春さんの研究テーマって……別に清水寺は関係ないですよね？　というか、事前に作っておいたんじゃないんですか？」

修学旅行は遊びではない。

これが終わった後、事前に設定した研究テーマに沿った内容のレポートを提出する必要がある。

そういう事情もあり、観光予定地には真面目にレポートを作るつもりである聖や天香、そして愛理沙本人の希望が反映されていた。

次点で宗一郎と亜夜香だ。

一方で由弦と千春の希望は入っていない。

もちろん、これは愛理沙が意地悪をしたからではなく……由弦と千春が「あそこに行きたい」というような主張をしなかったからだ。

由弦も千春も事前にレポートを作ってしまっている。

だから特に行かなければならない場所もない。

真面目に研究するつもりである、聖や天香、そして愛理沙の希望を優先させるべきである……と二人は考えたのだ。

……その結果、博物館や美術館がメインになってしまい、有名な観光地は後回しになったのである。

「そうですけど……でも、明日行かなかったらもう行けませんよ？　清水寺に行かない京都観光なんて、タコが入ってないタコ焼きみたいなものじゃないですか」

実は三日目以降は奈良県に移動することになっている。

つまり京都観光ができるのは、今日か明日だけだ。

「うーん……でも、明日は意外とスケジュールが厳しいんですよね……」

「……まあ、無理にとは言えませんが」

千春としては、みんなで修学旅行らしい思い出を作りたいが……

しかし後出しで言い出した手前、無理にとは言えないようだ。

「……じゃあ、今から行きますか？」

「え？　……今からですか？」

愛理沙の急な方針転換に千春は目を見開いた。

驚く千春に愛理沙は悪戯っぽく笑った。

「私も行きたくなってしまいました。皆さんはどうですか？　……ダメですか？」

愛理沙の問いに由弦たちは顔を見合わせ……頷いた。

愛理沙もまた満足そうな笑みを浮かべ、そして千春は目を輝かせた。

※

清水寺近くの……とある店舗にて。

「遅いぞ、二人とも」

更衣室から出てきた宗一郎と聖に対し、由弦はそう言った。

二人は揃(そろ)って肩を竦(すく)めた。

「お前が早いんだよ」

「普段から着ているやつは違うな」

三人は和服に身を包んでいた。

もちろん、持ってきた物ではない。

レンタルしたものだ。

世の中には和服を着て観光したいという観光客向けに、着物をレンタルするサービスがあるのだ。

それを利用した形になる。

「女共は……まだか」

「遅いな」

「女の子は時間が掛かるものだからな。仕方がない」

由弦がそう言うと、宗一郎と聖は揃って眉を顰めた。

俺たちには遅いと言ったのに……と、そんな顔だ。

さて、三人で待つこと五分ほど……


「お待たせしました……」

申し訳なさそうな表情で、着物に身を包んだ愛理沙が更衣室から出てきた。

真っ赤な紅葉柄の秋らしい着物だ。

「どう……ですか？」

「良く似合ってる。素敵だよ」

由弦がそう言って褒めると、愛理沙の頰が仄かに赤く染まった。

愛理沙は嬉しそうにはにかんだ笑みを浮かべる。

それから少しして他の三人も更衣室から出てきた。

各々、自分の趣味やイメージカラーに合わせた着物を着ていた。

「とりあえず、本堂の方に向かいましょうか」

愛理沙の提案に従い、一行は本堂を目指し、坂を上り始めた。

「そう言えばこの坂で転ぶと、三年以内に死ぬらしいわね」

階段を上っている最中に天香が楽しそうにそんなことを言い始めた。

天香はこの手の呪いやオカルトの話が好きなのだ。

一方でこの手の話題を嫌う者もいる。

「え？　な、何ですか、それ……」

愛理沙は顔を青くした。

よっぽど怖いのか、絶対に転ばないとでも言うように由弦の腕にがっしりとしがみ付く。

……逆に由弦の方が転びそうだ。

「うん？　何か、聞いたことあるな、それ。何か、絵本みたいな物で読んだことがあるような……」

聖は不思議そうに首を傾げた。

なるほど、確かに由弦も「三年しか生きられない」というようなフレーズをどこかで聞いたことがある気がした。

それは確か……

「三年峠のことじゃないか？」

宗一郎がそう言うと、聖は「それだ！」と大きな声で言った。

由弦もまた思い出す。

小学生の頃、国語の教科書で読んだ記憶があった。

「……私も知ってます。それのせいで、夜も眠れなくなりました」

「えぇ……」

顔を青くする愛理沙に、由弦は困惑する。

確かに前半部分は怖い話ではあったが、しかし最終的にはハッピーエンドだったはずだ。

少なくとも夜も眠れなくなるほど、怖い話ではない。

「でも、清水寺の話じゃなかった気がしますが……」

愛理沙の疑問に答えたのは亜夜香だった。

「三年峠は韓国の民話だね。でもまあ、三回何かすると呪われる伝承は、清水寺に限らずどこにでもあるよ。もしかしたら……身近にある坂も、そうだったりするかもね？」

ニヤニヤッと笑みを浮かべながら亜夜香は愛理沙に向かってそう言った。

すると愛理沙はぶるっと身体を震わせ、呟く。

「……今度から坂は避けます」

どうやら愛理沙にとって、「三年峠」はトラウマになるほどの怖い話だったらしい。

（ネットに溢(あふ)れてる「三回見たら死ぬ絵」みたいなのを見せたら、どうなるんだろうか……）

非常に気になったが、愛理沙は本当に死んでしまいそうなので、悪戯感覚で見せるようなことはやめることにした。

「呪いなんて実在するわけないじゃないですか。実在してたら高瀬川家は滅亡してますよ」

千春は楽しそうにそう言った。

その言葉を聞いた愛理沙は青い顔で由弦を見上げた。

「……昔、高瀬川家は一族郎党呪いをかけられたことがあってね」

「そ、それって……私も対象だったりしますか？」

「さあ……それは掛けた人たちが詳しいんじゃないか？」

由弦はそう言いながら千春を見た。

すると千春は小さく肩を竦めた。

「知りませんよ。掛けたのは私じゃなくて、ご先祖様なんですから。まあでも、順当に考えれば対象じゃないですか」

ニヤニヤッと笑みを浮かべながら、千春は愛理沙に向かってそう言った。

愛理沙は不安そうな表情を浮かべる。

「わ、私……死にたくないですよ？　な、何とかなりませんか？」

「私に言われましても……掛けた本人は死んじゃってますし。まあでも、見ての通り由弦さんはピンピンしてますし、高瀬川家も繁栄してますから、効果なんてないですよ」

「結局、呪いなんてのはただの思い込みということだろう。気にするから、調子が悪くなったような気がするんだよ。だから……愛理沙もあまり気にしない方がいい」

由弦と千春の言葉に愛理沙は少し安心したらしい。

ホッとした表情を浮かべるのだった。


清水寺と言えば……


「清水の舞台から飛び降りる」で有名な「清水の舞台」がある。

そしてもう一つ、有名なスポットとしては……

「恋みくじねぇ……当たるの？」

半信半疑、という様子で天香が言った。

清水寺の敷地内にある「地主神社」は縁結びの神様を祀っており、そこで引ける「恋みくじ」が有名だ。

「よく当たると評判……らしいぞ」

携帯を見ながら聖が答えた。

そんな聖に対し、千春は小さく肩を竦めた。

呪いも占いも全部、気のせいです。

とでも言いたそうな表情だ。

実際に口に出さないのは、他所の神社だからだろう。

「俺と愛理沙の場合は引くまでもないね」

「もう、恋人同士、婚約者同士ですものね」

由弦の言葉に愛理沙はニコニコと笑みを浮かべながら答えた。

そんな二人に対し、亜夜香はニヤッと笑みを浮かべた。

「いやぁ……それはどうかな？　これからの二人のことが分かるかもしれないよ？」

「最近、くだらない喧嘩をしたばかりだし。引いておいた方がいいんじゃないか？」

由弦と愛理沙は思わずムッとした表情を浮かべた。

まるで二人がまた喧嘩をしてしまうことがあるかのような、そんな言い方だったからだ。

しかし絶対にそんなことはないとまでは言えなかった。

「まあ、おみくじは占いというよりは、神様からのアドバイスのようなものですから。引いてみても損はないんじゃないんですか？　……大抵は当たり障りのない内容ですが」

千春のそんな言葉に……由弦と愛理沙は顔を見合わせ、頷いた。

引いてみるくらいはいいだろう、と。

こうして七人はそれぞれ恋みくじを引いてみた。

その結果は……

「お、吉だな……」

「あら、吉……」

少しだけ弾んだ声を上げたのは聖と天香だった。

大吉ではないにしても、悪くない結果だ。

「おぉ、大吉です！　いやぁ、やっぱり日頃の行いがいいからですかねぇ」

一方、一際嬉しそうな声を上げたのは千春だ。

占いや呪いなんか信じない……というスタンスの割には嬉しそうだ。

良い結果だった時だけは信じる方針のようである。

「半吉かぁ……大吉か大凶が良かったなぁ……」

「むむ、小吉……せめて吉以上、凶以下じゃないと、リアクションに困るな」

亜夜香と宗一郎は揃って苦笑いを浮かべた。

二人はおみくじというものをあまり信じていないらしい。

話の種でしかないのだろう。

そして……

「す、末吉……」

「……私も末吉です」

由弦と愛理沙は顔を引き攣らせた。

お世辞にも良いとは言えない結果だ。

凶ではないため、悪いというほどではないのかもしれないが……

「千春さん……末吉って、どれくらいですか？」

心配そうな表情で愛理沙は千春に尋ねた。

千春は愛理沙のおみくじの結果を覗き込みながら答える。

「うーん、今は悪いけど後で良くなるという感じでしょうか？　まあ、後で良くなるなら、概ね良いと言っても良いんじゃないですか？」

「そ、そうですか……」

千春に励まされるも、愛理沙は落ち込んだ表情のままだ。

やはり愛理沙はこの手の占いやおみくじの……特に悪い結果については、気にしてしまうタイプなのだろう。

「悪い結果は結んだ方がいいんだっけ？」

「そうですね。というか、由弦さん……そういうの気にされるんですね？」

「え？　あぁ……まあ、多少はね？」

意外そうな千春の問いに、由弦は曖昧な笑みを浮かべた。

実際のところ、高瀬川家は信じるか信じないかは別として、願掛けなどはそこそこ重視する。

「もしかして、今は悪いと感じてたりするんですか？」

「え？　まさか……」

「そんなわけ、ないじゃないですか」

千春の言葉に由弦と愛理沙は慌てて否定した。

そんな二人の反応に何かを悟ったのか、千春は苦笑いを浮かべた。

「こういうのは誰にでも当てはまるようなことを書いているものですから。気にしない方がいいですよ」

二人は曖昧な笑みを浮かべた。


「せっかくだし……少しメンバーを分けようか。……二人きりになりたい婚約者さんもいるだろうしね」

亜夜香のそんな提案により、七人はメンバーを分けて行動することにした。

それは由弦と愛理沙のように〝特別に親しい者同士〟で行動したい人たちに配慮したという面もあるが……

それ以上に七人でぞろぞろと行動するのは、少し窮屈で、周囲の迷惑にもなるという判断からでもある。

「じゃあ、お土産でも見に行こうか」

由弦はそう言いながら愛理沙に手を差し伸べた。

愛理沙は小さく頷くと、由弦の手を軽く握った。

「はい」

二人で手を繋ぎながら歩き始めた。

「やっぱり、無難に八ツ橋ですかねぇ……でも、どの八ツ橋がいいのか……」

八ツ橋の箱を手に取りながら、愛理沙は首を傾げる。

清水寺に限らず、八ツ橋は京都のどこでも売っている。

そして様々なメーカーの物が存在する。

「これなんか良いんじゃないか？　いろいろなフレーバーがあるみたいだし」

「あ、いいですね。面白そうですし」

愛理沙はうなずくと、由弦が見せた八ツ橋の箱をカゴに入れた。

そして顎に手を当てる。

「由弦さんは何か、決めていたりしますか？」

「親戚用に八ツ橋と……あと、家族にはバームクーヘンを買おうかなと」

「バームクーヘンですか？」

愛理沙は首を傾げた。

由弦は苦笑しながら頷く。

「妹が八ツ橋は飽きたと……何でも、抹茶味のバームクーヘンがあるらしいから。それを買ってこいと言われててね」

「なるほど。バームクーヘン……確か、どこかで見たような……あ！　あれじゃないですか？」

「……うん、多分これだね」

由弦は愛理沙が見つけてくれたバームクーヘンの箱をカゴに入れた。

そして愛理沙もバームクーヘンの箱を手に取り、カゴに入れる。

「それも買うのか？」

「私と妹用です」

愛理沙は悪戯っぽく笑った。

どうやら、愛理沙の目にも、八ツ橋よりバームクーヘンの方が魅力的に映ったようだ。

一先ず、最低限買わなければならないお土産を買い終えた二人は、他に面白い物が売っていないか散策を始めた。

そしてすぐに由弦が手に取った物は……

「漬物、買われるんですか？」

「いや、買うかどうかは決めてないけど……美味しそうだなと」

お世辞にも料理ができるとは言えない由弦だが、白米を炊くくらいならできる。

そこに漬物と、ゆで卵やウィンナーなど火を通すだけで良い物を加えれば……一食分のメニューは最低限できあがる。

「確かに美味しそうですね。困ることはなさそうですし、私も……あぁ、でも、いろいろ種類がありますね……」

一言に漬物と言っても、様々な種類がある。

使われている野菜も異なれば、漬け方も異なる。

どれを選べばいいのか悩ましいところだ。

しかし幸いにも、一部の漬物は試食が可能だった。

「うん……この柴漬け、悪くないな。……どう？」

由弦は柴漬けを一つ、口に運んだ。

それから別の爪楊枝でもう一口分の柴漬けを刺し、愛理沙の口に運ぶ。

愛理沙はそれをパクッと口に咥えた。

「ん……確かに美味しいですね。でも、せっかくなら少し変わった物を買いたくないですか？　これとか……」

「んぐっ……」

由弦の口の中に漬物が放り込まれる。

歯を立てて噛むと、シャキッとした食感がした。

続けて不思議な粘り気と、柚子の風味が感じられた。

「これは……長芋？」

「はい。柚子皮と一緒に漬け込まれたものみたいです。他にもいろいろフレーバーがあるみたいですけれど……」

「へぇ……いろいろあるものだなぁ」

せっかく試食できることだし、もっといろいろ試してみよう。

そう考えた二人はお互いに漬物を食べさせ合いながら、これは良い、あっちの方が良い、あれは良いんじゃないかなどと話し合った。

悩んだ末に、最終的にそれぞれ気に入った物を二種類――定番の漬物と少し変わった漬物――を購入した。

「……愛理沙。お土産、持とうか？」

由弦は愛理沙にそう尋ねた。

漬物に八ツ橋、バームクーヘンと……

それなりの荷物になっている。

由弦の提案に愛理沙は少し悩んだ様子を見せた。

「う、うーん……」

「……別に遠慮しなくてもいいけど」

「……じゃあ、その」

由弦の言葉に愛理沙は頷くと……

その白い手を由弦の手に軽く添えた。

「荷物よりも……私の手を握っててください」

愛理沙は頬を赤らめ、由弦を見上げながらそう言った。

これには由弦は少し驚いたが、笑みを浮かべて大きく頷いた。

「ああ、分かった」

愛理沙の手を強く握る。

そしてニヤッと笑みを浮かべた。

「……転んだら三年しか生きられないしね」

「あっ……ひ、酷い！　忘れてたのに!!」

どうして思い出させるんですか！

と、愛理沙は眉を上げ、怒った表情を浮かべた。

「ごめん、ごめん」

「……由弦さん、最低です。嫌いです」

「……じゃあ、握らなくていい？」

「……それはダメです」

由弦の問いに愛理沙は顔をプイッと背けながらも……ギュッと由弦の手を握り、さらに腕を絡めた。

二人はそのまま集合場所まで歩き始める。

「……由弦さん」

道中、急に名前を呼ばれた由弦は隣を見た。

愛理沙はじっと由弦の顔を見上げている。

「その……一つ、聞いてもいいですか？」

「どうした？　何か、気になることが？」

「……そうですね。少し引っかかることがありまして」

由弦が問いかけると愛理沙はしばらくの沈黙の後、口を開いた。

「由弦さんは……何か、その、現状で不安とか、感じてたりするんですか？」

「不安？　……えっと、愛理沙との関係で？」

「い、いえ……まあ、その、全般的に、ですけれど」

全般的に。

とは言うものの、愛理沙との関係について聞いていることは間違いなかった。

由弦はしばらく考えてから答えた。

「まあ、特にはないかな」

愛理沙とは確かに少し価値観が違うと感じることはある。

好みが違うと感じることもある。

実際、購入した漬物の種類は違ったりする。

だが……その程度のことだ。

例えば……由弦と愛理沙の関係が、政略結婚なのか、恋愛結婚なのか。

その辺りに関する認識についても若干の齟齬はあるが、しかし深刻なことではない。

深刻なことではない……はずだ。

少なくとも由弦はそう認識していた。

「……そうですか」

「えっと……もしかして、おみくじのこと、気にしてる？」

由弦がそう尋ねると、愛理沙は苦笑した。

「え、ええ……まあ……その、引っかかって……当たると評判らしい、ですし」

「……千春も言っていたけど、あまり気にしない方が良い。まあ、思い当たる点があって、適切だと思うことがあるなら、従った方がいいかもしれないけれど」

当たり障りのないことしか書いてないが、しかし逆に言えば書かれているアドバイスは無難な内容だ。

改善した方が良いと思うところがあるならば、そうした方が良いだろう。

おそらく、おみくじとはそういうものだと由弦は認識している。

「……そう、ですね」

愛理沙は小さな声で頷いた。

※

「いや、しかし今更だが……間に合って良かった」

「……本当にギリギリでしたよね」

由弦の言葉に愛理沙はしみじみとした表情で返した。

現在、二人がいるのはホテルの男子部屋だった。

丁度、ホテルに戻り、夕食を食べ終え、シャワーを浴び……そして由弦と宗一郎、聖の部屋に集合したところだ。

「やっぱり、予定外のことをするのはあまり良くないわね……明日の予定も、今のうちに練り直す？」

「明日のことは明日でいいじゃない。修学旅行って、ライブ感も大事でしょ」

天香と亜夜香もまた口々にそう言った。

二人が言うところの〝予定外のこと〟とは、清水寺に寄ったことである。

清水寺からホテルまでの道のりに、七人が想定していたよりも時間が掛かり……

滑り込むような形でチェックインをすることになったのだ。

教師からは「もう少し余裕を持って行動するように……」と軽いお叱りの言葉をいただくことになった。

「まあまあ、過ぎたことを気にしても仕方がありませんよ。それより、今を楽しみましょう」

千春はそう言いながら……

リュックサックの口を開けて、ひっくり返した。

中から大量のお菓子や、ゲームなどが飛び出した。

「千春さん……いくら何でも、その量は……」

食べ切れないでしょ。

とでも言うように愛理沙は苦笑した。

一方の千春は満面の笑みでそれに返した。

「あと三回も夜があるんですから、これくらい普通です。そういう愛理沙さんはちゃんと持ってきたんですか？」

「そうですね。持ってきたというよりは、買ってきたですけれど……」

愛理沙がそう言いながら取り出したのは……

「へぇ……漬物、ですか」

「美味しそうだったのと、お菓子ばかりだと飽きてしまうかなと。……お菓子の方が良かったですか？」

清水寺で購入した漬物だった。

お土産用とは別に、今夜食べるために購入したものだ。

あらかじめ、「ホテルではみんなで集まってお菓子を食べながらゲームをする」と聞いていた愛理沙は、その〝お菓子〟の枠に漬物を選んだのだ。

「いいんじゃないですか？　私は好きですよ！」

愛理沙のチョイスに千春はニコニコと機嫌の良さそうな笑みを浮かべた。

一方で聖は険しい表情を浮かべた。

「そうか、漬物か……」

「……お嫌いでしたか？」

「いや、その手があったかと。俺もそれにしておけば良かった。……無難な物しか買ってない」

そう言いながら聖が取り出したのは八ツ橋だった。

すると天香はゲッとした表情を浮かべた。

「……聖君も八ツ橋⁉」

「……お前もかよ」

「ま、まあね……」

天香も八ツ橋を購入してきたらしい。

二人は揃って「他にも八ツ橋を買ってきた人はいるか？」とでも言うようにみんなの顔を見回した。

……幸いにも二人以外に八ツ橋を買ってきた者はいなかった。

二人は安堵の表情を浮かべる。

「いやぁ、お似合いだねぇ……」

ニヤニヤと亜夜香は笑みを浮かべながら二人を揶揄う。

二人は揃って不機嫌そうに顔を背けた。

「まあ、こっちは本家でこっちは元祖だし、いいんじゃないか？　正直、気になっていた。食べ比べしよう」

由弦は笑いながらそう言った。

同じ〝八ツ橋〟ではあるが、メーカーが異なるのだ。

「お菓子はいいとして、とりあえず、何をして遊ぶ？　……俺は麻雀をしてみたいけど」

宗一郎はそう言いながら千春が持ってきた麻雀カードを手にした。

通常の麻雀は牌を使うが、これはそれを紙で代用したものである。

「麻雀ね。いいんじゃない？」

「せっかくですし、お菓子を賭けてやりますか？」

亜夜香と千春は乗り気な様子を見せた。

しかし……

「すみません。私、麻雀のルール、分かりません」

「……私も知らないわ」

愛理沙と天香は申し訳なさそうな表情でそう言った。

これには宗一郎も「しまった……」という表情を浮かべる。

みんな、当然知っている物だと思っていたようだ。

「じゃあ、やめておこう。……人狼ゲームとか、どうだ？　アプリを入れれば簡単にできるぜ」

聖は携帯の画面を見せながらそう言った。

人狼ゲームならルールは知っていると、愛理沙と天香はそれぞれ頷いた。

こうして長い夜が始まった。

「……由弦さん、本当に嘘をついてないですか？」

「む、村人だって、言ってるじゃん」

「本当ですか？　私の目をしっかりと見て言ってください」

ジーッと、愛理沙は由弦の目を見つめながらそう言った。

さすがの由弦も思わず目を逸らしてしまう。

「あ！　やっぱり目を逸らしました!!　この人、人狼です!!」

「違う、冤罪だ！」

「じゃあ、どうして目を逸らしたんですか？」

「それは……君の瞳が眩しすぎて」

「……本当にそう思ってますか？」

「あ、愛理沙、み、見つめないで……なあ、これ、反則じゃないか？」

由弦は愛理沙のレギュレーション違反を訴えるが……

亜夜香たちは大笑いをするばかりで、由弦に同意してくれることはなかった。

結果として、由弦はそのゲームでは殺されてしまうことになる。

「ほら、やっぱり人狼だったじゃないですか」

愛理沙はドヤ顔をした。

とても可愛らしい……が、しかしそれはそれで腹が立つ。

そして復讐の機会はすぐに訪れた。

「……なあ、愛理沙。本当か？　本当に人狼じゃないか」

由弦は愛理沙の額に自分の額をくっ付けながら、そう尋ねた。

一方の愛理沙は顔を真っ赤にしている。

「ち、違うって言ってるじゃないですか……」

そして恥ずかしそうにしながら、逃れようとする。

しかし由弦にがっしりと顎を摑（つか）まれているため、逃げられない。

「俺の目を見ろ、愛理沙」

「や、やめてください……は、恥ずかしい……」

「ダメだ。君もさっき、やっただろ。ほら、俺の目を見ながら人狼じゃないって言ってみろ」

由弦の言葉に愛理沙はその翠色（みどりいろ）の瞳を向け……

声を震わせながら、しかしはっきりと答えた。

「じ、人狼じゃ……な、ないです」

「……本当に？」

「う、疑うんですか？　わ、私を……」

心外です！　とでも言うように愛理沙は悲しそうな表情を浮かべてみせた。

しかし由弦は追及の手を緩めない。

「ああ。愛理沙は嘘をつくとき、口元が少しニヤけるからな」

「そ、そんな……嘘です」

愛理沙はそう言いながら口元を押さえた。

由弦は思わず笑みを浮かべた。

「間抜けは見つかったな」

「あっ……ち、違います。い、今のは……」

愛理沙の弁明も虚しく、全員が愛理沙に投票した。

こうして愛理沙は処刑された。

「ひ、酷いです……由弦さん！」

「いや、君も同じことをしたじゃないか」

ゲームが終わった後、由弦と愛理沙はお互いに言い争いを始める。

そんな二人に亜夜香たちは手を叩きながら大笑いをする。

「まあまあ、二人とも落ち着いて」

「表情から読み解くのは戦術としてはアリですが……何度も繰り返すのは陳腐ですし、次回以降は反則にしましょうか」

亜夜香と千春は笑いながら仲裁する。

二人の言葉に由弦は頷き、矛を収めるが……

「ダメです。ゲームとはいえ、由弦さんが私に嘘をつくのは良くないです……信用しないのもダメです……」

「悪かったって。……次からはお互い、なしにしよう？」

ムスッとした表情で愛理沙は由弦の胸をポカポカと叩く。

由弦はそんな愛理沙の頭を撫でながら、落ち着かせようと試みる。

「ダメ、ダメです……傷つきました。許しません」

愛理沙はそう言いながら頬を膨らませる。

どうやら本気で怒っているわけではなさそうだった。

しかし同時に少し面倒くさいモードに入っているようでもあった。

「えーっと……どうすれば許してくれる？」

「ん……キスしてください」

「……ええ」

由弦は思わず困惑の声を上げた。

一方で愛理沙は由弦の胸に身体を預けながら、雛鳥のように顔を上げる。

完全に接吻を強請る体勢に入っている。

「い、いや、しかしここでは……」

さすがの由弦も友人たちの目の前で愛理沙と接吻するのは……恥ずかしい。

助けを求めようと、由弦は周囲の面々の顔を見回した。

すると……

「……なんか、愛理沙ちゃん、ちょっと、顔が赤くない？」

「む、確かに……」

隙あらば由弦の唇に接吻しようとする愛理沙の額に手を当て、由弦は眉を顰める。

体温も普段より高いように感じられる。

「あのぉ……あまり考えたくないのですが……」

千春は苦笑しながら……

「愛理沙さん、酔っぱらってません？」

アルコール入りのチョコレートを指さしながらそう言った。

※

「あ、愛理沙……一旦、お外に出ようか」

「ん……出たらキスしてくれますか？」

「うん、してあげる。ほら、外に出よう」

由弦は強引に愛理沙を立たせた。

一方の愛理沙は少しふらつきながら立ち上がり……そしてぴょんと、由弦の顔を目掛けて飛び上がる。

「隙あり、です！」

「あ、愛理沙、や、やめてくれ。ちゃんとしてあげるから……」

由弦は何とか愛理沙の接吻を避け、強引に肩を押さえつける。

愛理沙は不満そうな表情だ。

「いつしてくれるんですか」

「外に出たらしてあげる」

「外ってどこですか」

「とりあえず、バルコニーに出よう。外の空気を吸おう」

「ん……今してくれないと、ヤーです」

「そ、そう言われても……」

由弦は助けを求めようと、亜夜香たちの顔を見た。

しかし彼女たちはあくまで他人事で……

「愛理沙ちゃんって、お酒、弱いんだねぇ……」

「強そうな見た目してるんですけどねぇ」

「私、ウォッカがぶ飲みくらい、イケると思ってたわ」

亜夜香と千春、天香は、好き勝手に言っていた。

一方で宗一郎と聖の二人は……背を向けていた。

俺たちは見てないから。

好きにキスしてくれていいぞ。

とでも言うようだった。

「どうしても、お外に出て欲しいですか？」

仕方がないなぁとでも言うように愛理沙は言い出した。

どうやら外に出てくれる気になったらしい。

由弦は慌てて飛びついた。

「うん！　出て欲しい!!　……どうすればいい？」

「お姫様抱っこ、してください」

「それくらいなら！」

由弦は愛理沙を抱え上げた。

愛理沙は満足そうな表情を浮かべ、そして亜夜香たちは感心の声を上げた。

「と、とりあえず……外に出てくる。……亜夜香ちゃん、窓、開けてくれないかな？」

「はいはい。行ってらっしゃいねー」

亜夜香はそう言うと掃き出し窓を開けてくれた。

由弦が愛理沙を抱えたまま外に出ると、サッと窓を閉め、それからカーテンを引いてくれた。

これで由弦と愛理沙がバルコニーで何をしていても、内側からは見えない。

「とりあえず……ほら、愛理沙。座って……んぐっ」

由弦が愛理沙を座らせようとすると……

愛理沙は由弦の頭を両手で抱え込み、その唇を塞いだ。

愛理沙の舌が由弦の口の中に入り込んで来る。

由弦は思わず目を白黒させた。

しばらく、愛理沙にされるままに身を任せ……

体感で一分が経過した。

愛理沙はそれで満足したのか、由弦を解放した。

「はぁ……あ、愛理沙。満足した？」

由弦は口元を手で拭いながら愛理沙に尋ねる。

愛理沙は首を左右に振った。

「ん……まだです」

「……どうすればいい？」

「とりあえず、座ってください」

言われるままに由弦は愛理沙の向かい側の椅子に座った。

すると愛理沙は立ち上がり……

「えへへ」

可愛らしく笑いながら由弦の膝の上に、向かい合わせで座った。

それから由弦の頭を抱きかかえ……自分の胸に押し当てた。

柔らかい感触が伝わってくる。

「由弦さん、私のここ……好きですよね？」

「う、うん……好きだけど……」

戸惑いながら由弦が答えると、愛理沙は満足そうに頷いた。

「由弦さんは私が好きだから、婚約してくれたんですよね？」

「もちろん。好きじゃない人と婚約なんかしたくない」

愛理沙の問いに由弦は首を傾げながらも頷く。

愛理沙はなおも由弦に尋ねる。

「私のことを愛しているから、結婚してくれるんですよね？」

「当然だろう。愛してない人と、結婚なんかしたくない」

何を今更……

と思いながらも由弦は頷いた。

（酔っぱらってるからかな……？）

由弦は内心で苦笑するが……

「政略結婚じゃないですよね？」

次の愛理沙の問いに由弦の心臓がドキッと跳ねた。

（……あの時のこと、気にしてたのか）

由弦にとって、愛理沙との婚約は恋愛結婚だ。

しかしそれは政略結婚であることを否定することにはならない。

「……由弦さん？」

不安そうに愛理沙は由弦の名前を呼ぶ。

ここで愛理沙を安心させるために、「その通りだ。政略結婚じゃない」と答えることは簡単だ。

しかしそれは誤魔化しでしかない。

それに……即答できなかった時点で、説得力がない。

ならば……由弦の正直な気持ちを打ち明けるしかないだろう。

「……俺は高瀬川家の後継者だ。だから高瀬川家を継ぐ使命があり、相応しい相手と結婚して、次代に繋げる義務がある」

それは高瀬川由弦という人間が生まれた意義であり、目的だ。

ただ高瀬川家の長男に生まれたという理由だけで、財力と政治力を親から相続することの条件であり、対価だ。

そこから逃げることはできない。否、逃げてはいけない。

そして逃げるつもりもない。

だからこそ……

「俺は……君という人と巡り会えて、婚約することができて、共に人生を歩めることに……心の底から安堵しているし、幸福であると思っている。君が婚約者で本当に良かった」

由弦は最終的には誰かと結婚しなければいけない。

だから、愛する人とでなければ結婚しないという選択肢は、初めから存在しない。

好きな人、愛する人でなければ嫌という気持ちはあるが、それはあくまで気持ちだけだ。

「君という、心から好きだと思える、愛することができる人と巡り会えたことは俺にとって人生における最大の幸運だ。そして君と結婚できる立場に……高瀬川家の人間に生まれて良かったと思っている」

政略結婚の相手が愛理沙で良かった。

そして愛理沙と政略結婚できる立場で良かった。

それが由弦の本心だ。

「……これじゃダメかな？」

「……」

しばらくの沈黙の後……

愛理沙は呟いた。

「そういうこと、ですか。なるほど……」

そして大きく頷き……

「あなたという愛する人を、幸福にすることができて、私も心の底から幸運であると思います」

満面の笑みで答えた。

※

それは翌日の朝、バスでの移動の最中……

「昨晩の愛理沙さん、凄(すご)かったですね」

「……昨晩、ですか？」

ニヤニヤとした笑みを浮かべる千春に対し、愛理沙は首を傾げた。

そしてしばらく考えた後……答えた。

「何のことですか？」

「あら、覚えてないの？」

天香は意外そうな声を上げた。

愛理沙は大きく頷く。

「……はい。人狼(じんろう)ゲームをしていたことは覚えていますが、それからの記憶が……」

「愛理沙ちゃん、チョコレートで酔っぱらっちゃったんだよ」

亜夜香はニヤッと笑みを浮かべた。

愛理沙は大きく目を見開いた。

「へぇ……そうだったんですね。それで……途中で寝てしまったということでしょうか？　気が付くとベッドの中にいたもので……」

「まあ、確かに途中で寝ちゃったけど……」

「それまでが凄かったんですよね」

「ねぇー」と、亜夜香と千春は顔を見合わせて笑みを浮かべた。

そんな二人に対し、由弦は思わず眉を顰めた。

「覚えてないんだし、いいだろ。もうその話は……」

「いや、しかし勿体ないだろ」

「あれだけの熱い告白を覚えてないのはな」

宗一郎と聖はニヤニヤと笑みを浮かべた。

由弦は思わず頰を赤らめ、顔を背けた。

昨晩のこと。

由弦の返答を聞いた愛理沙は安心したのか、酔って眠くなったのか、そもそも疲れていたからか、寝てしまった。

由弦はそんな彼女を女子部屋まで連れて行き、ベッドの上に寝かせた。

……そこまでは良かった。

しかしその後、男子部屋に戻った後に亜夜香たちに散々に揶揄われる羽目になった。

趣味の悪いことに亜夜香たちはこっそり聞き耳を立てていたのだ。

「えーっと、由弦さんは……私に何か、言ってくれたんですか？」

愛理沙はきょとんと首を傾げながら尋ねた。

由弦は首を大きく左右に振った。

「いや、大したことは言ってない。気にしないでくれ」

由弦にとって本心ではあったが、同時に恥ずかしい内容でもあった。

忘れているなら忘れていて欲しいと由弦は思っている。

「私の耳には大したことであったように聞こえたけど……そこそこ重要なこと、言ってたわよね？　もう一度、伝えた方がいいんじゃないかしら？」

ニヤッと天香は笑みを浮かべながら言った。

揶揄うつもりであることは見え見えだが……しかし同時に正論ではある。

愛理沙が由弦との価値観のズレを不安に思っていたことは間違いないのだ。

もし由弦の回答を忘れてしまっているのであれば、あらためて伝えなければならない。

「違わないが……その、言い方というものが、あるからね。……愛理沙が忘れているなら、あらためて伝えるとも。もちろん、君たちがいないところで」

ここで話すつもりはない。

と、由弦は断言した。

由弦の回答に天香は「ふーん」とつまらなそうな表情を浮かべた。

そしてあらためて愛理沙に向き直る。

「愛理沙さんは覚えてないのかしら？」

「覚えてないと言われましても、何のことだか……」

「例えば、高瀬川君にあなたが何を言ったのか、とか」

「……よく覚えてません。私、変なこと言ったんですか？」

「今、一瞬笑ったわね。上手く、誤魔化せたと思ったでしょ？」

天香の指摘に愛理沙は反射的に自分の口元を押さえた。

そして押さえてから、ハッとした表情を浮かべる。

「な、何のことだか……」

「間抜けは見つかったわね」

「やめてください！　キスを強請(ねだ)った記憶なんか、ありません！」

愛理沙はきっぱりと、記憶にない、身に覚えがないと否定した。

しかし……愛理沙以外の面々は揃(そろ)って呆(あき)れ顔(がお)をした。

「……何ですか？」

「……愛理沙。誰も君がキスを強請ったとは、一言も言ってないよ」

由弦は苦笑しながら指摘してあげた。

愛理沙の顔が見る見るうちに赤く染まる。

「ははーん、実は覚えてたんだ？」

「忘れたフリをしてなかったことにしようとは……小賢しいですねぇ」

早速、亜夜香と千春は愛理沙を揶揄い始めた。

二人に揶揄われた愛理沙は恥ずかしそうに身を縮める。

「や、やめて、ください。あの時は、どうかしてたんです……」

愛理沙は恥ずかしそうな声で弁明した。

一方で宗一郎と聖は愉快そうに笑った。

「良かったな、由弦。愛理沙さんはちゃんと覚えてるみたいだぞ」

「あんな告白、忘れられるのはあまりにも悲しいからな。良かった、良かった」

「君たちは……」

由弦は思わずため息をつき、それから少しだけ笑みを浮かべた。

恥ずかしい気持ちもあるが、同時に愛理沙が覚えていてくれたことに安堵した。

……せっかく恥ずかしい思いを押し殺して本心を打ち明けたのに、それを忘れられるのは、それはそれで悲しいことだからだ。

「覚えてくれていてよかった。てっきり、愛理沙にとって、うっかり忘れてしまう程度のことなのかと思っていたよ」

吹っ切れた由弦は自分への矛先を逸（そ）らすため、愛理沙を揶揄う側に回ることにした。

すると愛理沙は翠色（みどりいろ）の瞳で由弦を睨（にら）みつけた。

「ゆ、由弦さんまで……もう、嫌いです」

そう言って顔を背ける愛理沙に由弦は尋ねる。

「そんな……キスしたら、許してくれる？」

「や、やめてください！」

愛理沙は顔を真っ赤にして叫んだ。

epilogue　エピローグ

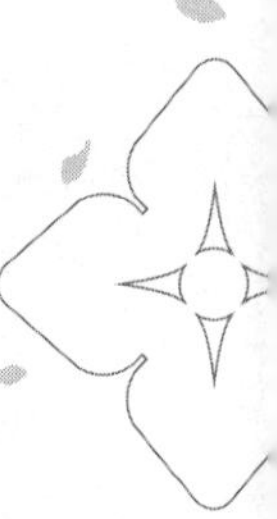

修学旅行を終えた……ある日のこと。

由弦と愛理沙は二人で病院に来ていた。

「ほ、本当に……本当に痛くないですか？」

「大丈夫。ここの先生は上手いから」

「……し、信じますからね？」

そう、二人は注射……インフルエンザ予防接種を受けに来ていた。

もっとも、由弦はすでに済ませているので、受けるのは愛理沙だけだ。

由弦は愛理沙の付き添いである。

「そんなに怖がらなくても大丈夫だよ。みんな受けてるんだし」

「そ、そうですか……？　それなら……」

その時だった。

「うぎゃぁぁぁぁぁ!!」

とてつもない叫び声が診察室から響き渡った。

愛理沙は小さな悲鳴を上げ、由弦に抱き着く。

そして恐怖で引き攣った顔で診察室のドアをじっと見つめる。

……しばらくすると、号泣する幼児とその母親と思しき女性が出てきた。

「や、やっぱり！　痛いんじゃないですか！　ゆ、由弦さん……だ、騙しましたね？　酷い！　信じてたのに！

と、愛理沙はそんな顔を由弦に向けた。

由弦は思わずため息をつく。

「あの子は幼稚園児……君は高校生だろう？」

「だ、だから……何だというんですか」

「子供というのはちょっとしたことで……転んだくらいでも泣いたりする。でも、君はそうじゃないだろ？　転んだくらいで泣いたりしないだろ？」

「そ、それは……そう、ですけれど……」

別に大して痛くない。

あの子は幼稚園児だから、大袈裟は反応を見せているだけだ。

由弦は愛理沙をそう元気づける。

「ほら、あの子……小学生っぽいけど、泣いてないだろ？」

「小学生ですら、大丈夫なんだ。君は高校生だろう？　絶対に大丈夫だよ」

「……そうですね」

「そ、そうですよね⁉」

由弦の励ましに自信が湧いてきたらしい。

愛理沙の表情が僅かに明るくなる。

しかし……

「雪城さん。雪城愛理沙さん」

「ひっ……」

愛理沙の表情が再び曇る。

「ゆ、由弦さん……」

「うん、大丈夫。……一緒に行くから」

由弦は愛理沙を元気づけながら、診察室へと入った。

さて、最初は「どうして関係ない男が一緒に入ってくるんだ？」という表情を浮かべていた医者と看護師だったが……

緊張でガクガクになっている愛理沙を見て、いろいろと察してくれたらしい。

追い出されることなく、由弦は愛理沙の側にいることが許された。

「こ、怖い……怖いです、由弦さん……」

「うん、大丈夫。ほら、側にいるから……」

恐怖に震える愛理沙の手を、由弦はそっと握りしめた。

由弦の手の温もりに安心したのか、愛理沙の身体に入っていた力が抜けるが……

「はい、雪城さん。じっとしててくださいね……」

「つきゃ!!」

看護師に腕を掴まれ、愛理沙は悲鳴を上げた。

再び腕に力が入る。

「ま、まだ……まだですか!!」

目をギュッと瞑る愛理沙。

看護師はそんな愛理沙の腕に消毒液を塗る。

「うぐっ……」

愛理沙は小さな悲鳴を上げた。

そして由弦に尋ねる。

「お、終わりました……?」

「落ち着け、愛理沙。今のはただの消毒だ」

「そ、そんな……」

ガタガタと身体を震わせる愛理沙。

呆れ顔の看護師。

由弦は非常に恥ずかしい気持ちになり……思わず看護師に対して軽く頭を下げてしまった。

「少しチクッとしますよ……」

ついに愛理沙の腕に注射針が迫る。

「うっ……」

白い肌に針が突き刺さった。

「はい、三、二、一……」

愛理沙の表情が僅かに歪(ゆが)む。

「くぅ……」

針が抜ける。

その瞬間、愛理沙の表情が強張(こわば)った。

そして……

「はい、終わりです！　よく押さえてくださいね」

「はぁ、はぁ……」

愛理沙は目を開き、安堵(あんど)の表情を浮かべた。

そして僅かに涙を浮かべながら……由弦の方を向いて言った。

「で、できました！　ゆ、由弦さん！　わ、私、できました！」

「う、うん……良かったね」

由弦はとても恥ずかしかった。


「ふぅ……これで私も一つ、大人に近づいたということですかね」

「あぁー、うん、まあ、そうなんじゃないかな」

由弦の部屋に帰った後。

ドヤ顔をする愛理沙に由弦は曖昧な笑みを浮かべた。

……ただの注射だろ。

とは言わない。

由弦にとっては小さなことでも、愛理沙にとっては非常に大きな一歩だったのだから。

おそらく、きっと、多分。

「……でも、由弦さん。嘘(うそ)つきましたよね？」

「……え？」

「……痛かったです」

愛理沙は不満そうな表情を浮かべた。

どうやら騙されたと感じているらしい。

「いや、痛くない方だと思うけど……君も耐えられただろ？」

「耐えられましたけど……ちゃんと痛かったです」

「そりゃあ……注射だし、ちょっと痛いくらいは感じるよ」

身体に針を刺すのだから、無痛というわけにはいかない。

「でも……痛かったです！」

「……うん、分かった。俺が悪かった」

「……投げやりですね」

「い、いや、だって……」

さすがの由弦も、注射程度で拗ねたり怖がったりする愛理沙の気持ちに、共感することはできない。

できないが……

「うん、でも、偉かったよ、愛理沙」

「……本当にそう思ってますか？」

「うん。……ありがとう、愛理沙。俺に合わせてくれて」

理解することはできる。

そしてまた、愛理沙が恐怖を押し殺し、由弦に合わせて注射を打つ決心をしてくれたことは嬉しいことだった。

「べ、別に……由弦さんのためじゃないです。私自身……さすがに高校生にもなって、注射が怖いのは恥ずかしいなと、思っただけです」

愛理沙は頰を赤らめながらも……プイッと顔を背けた。

それから由弦に尋ねる。

「その、由弦さん」

「……ご褒美が欲しい？」

「……はい」

小さく頷く愛理沙を……

由弦はそっと抱きしめた。

そして……

「んっ……」

愛理沙の望み通り、深い深い接吻を交わした。

番外編

ハロウィンに〝猫〟のコスプレをする愛理沙

ハロウィンの日。

愛理沙を怒らせてしまった由弦は謝りながらも……是非、愛理沙に身に着けて欲しいと思っていた物を取り出した。

「……実は猫耳を用意しているんだけど」

取り出したのは猫耳のカチューシャだ。

去年の猫耳が可愛らしかったので、今年も着けてもらおうと思ったのだ。

あわよくば写真に収めようとも考えていた。

開幕から愛理沙を怒らせてしまい、これは難しいかとも思った由弦だが……

あっさりと許してもらえたので、この流れならばイケるのではないかと考えたのだ。

さて、愛理沙の反応はというと……

「……由弦さんは私に猫耳を着けて欲しいんですか？」

少し驚いたような表情を浮かべていた。

しかし嫌がっているわけではなさそうだ。むしろ嬉しそうに見える。

「……できれば、もう一度見たいなと。……ダメかな？」

「……そうですね」

愛理沙は少し考え込んだ様子を見せてから……答えた。

「……とりあえず、その猫耳は大丈夫です」

愛理沙の答えは否定だった。由弦は思わず肩を落とす。

「そ、そう……？」

由弦は意気消沈した。

最近の愛理沙は意外にノリが良いので、着けてくれるのではないかと思っていたが……

どうやらダメらしい。

「私は私で仮装を持ってきてますから」

と思いきや……

「え？」

「というわけで……着替えてきます」

愛理沙はそう言うと紙袋を持ち、脱衣所に向かった。

そして扉を閉めてから、少しだけ開き、顔を覗(のぞ)かせる。

「覗いちゃダメ、ですからね？」

「あ、あぁ……」

いつもの〝フリ〟を終えると、愛理沙は再び扉を閉じた。

扉の奥から衣擦れの音がする。

どうやら由弦のように服の上から羽織ったりするだけで完成するような代物ではなく……

衣服を全て脱いでから着直すような、それなりに本格的な物らしい。

(期待していいんだろうか……?)

ワクワクしながら待っていると……

扉が開いた。

現れたのは……

「い、如何でしょうか?」

〝猫〟のコスプレをした愛理沙だった。

しかし着ぐるみを着ているわけではない。

むしろそれとは正反対で……露出が非常に多い。

具体的にはチューブトップ型のビキニのような物を身に纏っていた。

もっとも、生地は普通の水着のように水の抵抗を減らすようなものではない。

むしろその逆……ふさふさの黒い毛のような物が生えている。

それはまるで猫の体毛のようであった。

そして手足には同様に黒いふさふさの毛がつけられた、猫の手足を模った手袋と靴下を着けている。

そして頭には黒い猫耳カチューシャ、お尻からは尻尾の飾りが生えている。

そしてそれ以外に身に纏っている物は何一つない。

華奢な肩が、すらりと長い手足が、可愛らしいお臍が、蠱惑的な胸の谷間が、白磁のような白い肌が……全て露になっていた。

さて、そんな……大胆な恰好をした愛理沙は顔を赤らめ、恥ずかしそうにしながら由弦に向かって言った。

「お、お菓子をくれないと……い、悪戯しちゃう、ニャン！」

「……悪戯の方で」

「……いいんですか？」

「……いいよ？」

由弦は少しだけ身構えながらそう言った。

すると愛理沙は……わざとらしく咳払いをした。そして……

「じゃ、じゃあ……行きますね」

そう言うと愛理沙は由弦の身体に抱き着いた。

愛理沙の髪から、ふんわりとシャンプーの香りが漂う。

「えっと……愛理沙……お、おっと……」

思わず由弦は驚きの声を上げた。というのも、愛理沙は由弦に抱き着いたまま……体重をかけてきたからだ。

由弦は愛理沙を抱きしめたまま、ゆっくりと腰を下ろす。

それでも愛理沙は止まらず……

「あ、愛理沙……？」

「……」

由弦を押し倒した。

気が付くと愛理沙は由弦の上に馬乗りになっていた。

大きく、迫力のある白い胸が僅かに揺れている。

「え、えっと……」

「にゃ、にゃーん！」

愛理沙は顔を真っ赤にしながら、そんな声を上げた。

そして由弦の身体の上に倒れ込んだ。

「ちょ、ちょっと……あ、愛理沙……」

「猫ちゃんは人間の言葉なんて分からないし、都合も考えないのです。……にゃ、にゃー

ん!!」

愛理沙は一瞬だけ人間に戻ってから、再び猫になり切った。

そして甘えるように由弦に抱き着き、身体を擦り付ける。

白く柔らかい肌を押し付けられ、さすがの由弦もこれには混乱が優った。

「そ、その、あ、愛理沙……お、俺はどうすれば……」

「にゃん……」

愛理沙は小さく鳴くと、由弦の頰に軽く接吻をした。

そして潤んだ表情で由弦の顔を見下ろす。

「……分かった」

由弦はそっと、愛理沙の頭に手を回し……自分の方へと引き寄せる。

そして愛理沙の唇に自分の唇を合わせ……深めの接吻を交わす。

「こ、これで……良いかな?」

唇を離し、由弦がそう尋ねると……愛理沙は首を左右に振った。

そして由弦の胸元に顔を押し付けたり、胸を身体に押し付けたりする。

困惑する由弦を他所に愛理沙はしばらく、にゃんにゃんと鳴いてから……

甘えるような声で言った。

「な、撫でて欲しいにゃん……」

「わ、分かった……」

由弦は愛理沙の頭を軽く撫でた。すると愛理沙猫は途端に大人しくなった。

心地よさそうに目を細める。

その隙に由弦はゆっくりと半身を起き上がらせた。

一方で愛理沙は由弦の膝に頭を擦りつけ――ついでににゃんにゃん鳴き――ながら、撫でられ続ける。

「……そろそろ、いいかな？」

由弦がそう尋ねると……愛理沙は動きを止めた。

そしてチラッと由弦を見上げた。そして真っ赤な顔で……言った。

「あ、頭以外も撫でて欲しい……にゃん」

「……え？　そ、それは……えっと、具体的には……」

「にゃーん」

愛理沙は答えず、猫の鳴き真似(まね)をしながら由弦のお腹(なか)に頭を押し付け……顔を隠した。

由弦は少し考えてから……目の前に見える愛理沙の真っ白い背中に手を伸ばした。

「んっ、にゃん！」

ツーッと、背骨のラインを指でなぞると愛理沙はそんな声を上げた。

しかし抵抗する様子は見せず……それどころか、尻尾（お尻）を振っている。

とりあえず、由弦は愛理沙の背中やうなじなどを幾度か撫でてあげた。

「にゃ、にゃーん……」

満足したのか、くすぐったさに耐えられなくなったのか……愛理沙は身悶えた。

そして由弦の膝の上にごろんと仰向けになった。

真っ赤に赤らんだ顔と、潤んだ瞳、そして大きな双丘とほっそりとしたお腹を由弦に見せた。

「にゃ、にゃーん……」

甘い声で愛理沙はそう鳴いた。〝撫でて〟と、そう言っているように聞こえた。

そうとしか聞こえなかった。

由弦はゆっくりと……愛理沙のお腹に手を伸ばす。

「んぁ……」

お腹に浮かんだ白い縦線――薄い腹筋――をなぞると、愛理沙は甘い声で喘いだ。

「にゃん……」

そして誤魔化すように猫の鳴き真似をした。

その後も由弦は愛理沙の無防備な肩や首元、腋や脇腹を軽く指で擽る。

愛理沙は恥ずかしそうに、擽ったそうに身悶えるが……抵抗しない。

それどころかむしろ、より撫でられやすいようにと無防備なところを遠慮なく晒していく。

「ん、っく……にゃ、にゃん……」

内股を撫でた時も、やはり抵抗はせず、むしろ足を広げて撫でやすいようにしてくれる。

どこを触っても、撫でてもいい。

そう言っているようだった。

だから由弦は……

「……愛理沙」

「……にゃん」

「……触って良い？」

由弦は愛理沙の大きく膨らんだ部分を見ながら、そう尋ねた。

それに対して愛理沙は……

「……にゃん」

小さくそう鳴くと、顔を背けた。

猫だから何を言われても分かりません。何をされても気にしません。

そう言っているように感じられた。

「……」

据え膳食わぬは男の恥。そんな言葉が由弦の脳裏に浮かんだ。

由弦はゆっくりと、慎重に……愛理沙の胸を、正確にはそれを覆うふさふさの毛を軽く撫でた。

「にゃ、にゃ……んっ！」

そして軽く指に力を入れると、愛理沙の口から甘い声が漏れた。

両掌からは柔らかい感触が伝わってくる。

婚約者の……胸の感触だ。

「にゃ、にゃん……」

愛理沙は恥ずかしそうに顔を背けながら、猫の鳴き真似をする。

そんな愛理沙を見ていると、心のうちからどうしても罪悪感のような物が湧き上がってしまい……

由弦はこれ以上、愛理沙の胸を触ることはできなかった。

「……にゃん」

愛理沙は少しだけ寂しそうな表情で、チラッと由弦の顔を見上げた。

そんな愛おしい婚約者の顔へ、由弦はゆっくりと自分の唇を近づけた。

軽く頬に接吻をする。

「にゃん……もっと……にゃん」

愛理沙は小さな声で由弦におねだりをした。

そんな彼女に応えるべく、由弦は額や頬、首筋、胸元、腹部、太腿などに接吻の雨を降らせた。

それに対して愛理沙は恥ずかしそうに目を逸らしながらも、小さな喘ぎ声と、時折思い出したように猫の鳴き真似をする。

そんなことをいくらか、繰り返し……

「……愛理沙」

気が付くと、由弦は愛理沙の上に覆いかぶさっていた。

押し倒しているようにも見える構図だ。

由弦は愛理沙の両手をがっしりと押さえ込むと、ゆっくりと愛理沙を覗き込む。

「こっちを見てくれ」

「……にゃん」

愛理沙は小さな鳴き声を上げると、由弦の方へと顔を向けた。

由弦はようやくこちらに向いた、愛理沙の唇に……自分の唇を合わせた。

愛理沙の唇の形を探るように、なぞるように動かし、ぴったりと合わせる。

「んっ……」

愛理沙は時折、翠色の瞳をこちらに向け、そして恥ずかしそうに目を閉じるという行為を繰り返した。

「ん、ん!!」

ぼんやりと開いた愛理沙の瞳が、大きく見開かれた。

由弦が愛理沙の口内へ、舌を割り入れたからだ。

愛理沙の舌を押しのけるように、奥へと挿入する。

「ん、んっぐ……ん……」

最初は目を見開いて驚いていた愛理沙だが、次第に目元が蕩けていく。

そして気が付くと愛理沙の方からも積極的に舌を動かしてきた。

舌だけではない。

胸と胸、下半身と下半身をぴったりと合わせ、押し付け合う。

どちらが自分の本当の身体なのか、分からなくなるほどに溶け合い、溶かし合い……

ようやく、由弦は愛理沙の唇から自分の唇を離した。

二人の唇から銀色の橋が架かった。

そして由弦は……苦笑しながら言った。

「……これじゃあ、どっちが悪戯しているか、分からないね」

由弦の言葉に愛理沙はようやく、その〝設定〟を思い出したのか、気まずそうに視線を逸らした。

それから……呟くように言った。

「今更……どっちでもいいと思いませんか……にゃん？」

「……そうだね」

二人は再び、唇を重ね合わせた。

あとがき

お久しぶりです。桜木桜です。

今回、六巻の発売により、引き続き連載記録を更新しております。

ここまで来られたのも、皆さまのご支援のおかげです。ありがとうございます。

さて、六巻の内容についてですが、私としましては今回は五巻の続きという側面が強いです。五巻が前編、六巻が後編というところでしょうか。

今回で五巻において明らかになった二人の価値観のすれ違いについては、一応の解決を見せたということになると思います。

私は価値観というものはそう簡単に変えることはできないものだと考えています。

三つ子の魂百までと言いますからね。育っていく中で身に付けた道徳や倫理観、常識というものはその人の根本的な部分として、変わることはないでしょう。

そしてこういった価値観は人によって微妙に変わります。

人を殺してはいけないとか、その辺りは全世界共通と言っても良いかもしれませんが

……食事のマナーになると、千差万別です。

国境や宗教、文化・言語による違いはもちろん、同一の日本文化圏の人同士でも、家庭

や地域によって匙加減が違うのかなぁと思う次第です。

そういうのはわざわざ指摘したり、直させようとしたりしない方が無難だと思っています。価値観を否定することは、その人が育ってきた環境を、半生を否定することになるので、どうしても軋轢を生みます。

穏便な人間関係を築きたいなら、そういうものに立ち入らない方がいいでしょう。

気になって仕方がないなら、距離を置くべきかなと。

とはいえ、世の中には距離を置きたくても置けないということがあります。

結婚相手とか……

反りが合わないなら結婚するなという話ですが、結婚して、同棲して初めて分かることもあるでしょう。

そういう時はどうすればいいか……と、そんなことを思いながら五巻・六巻を書かせていただきました。

……私だったら、反りが合わない人とは早々に離婚しますけどね。人生は損切りが大切だと思っています。

ではそろそろ謝辞を申し上げさせていただきます。

挿絵、キャラクターデザインを担当してくださっている clear 様。この度も素晴らしい挿絵、カバーイラストを描いてくださり、ありがとうございます。

またこの本の制作に関わってくださった全ての方、何よりこの本を購入してくださった読者の皆様にあらためてお礼を申し上げさせていただきます。

それでは七巻でまたお会いできることを祈っております。

お見合いしたくなかったので、無理難題な条件をつけたら同級生が来た件について6

著　桜木桜

角川スニーカー文庫　23479

2023年1月1日　初版発行

発行者　山下直久

発　行　株式会社KADOKAWA
〒102-8177 東京都千代田区富士見2-13-3
電話　0570-002-301（ナビダイヤル）

印刷所　株式会社暁印刷
製本所　本間製本株式会社

◇◇◇

●お問い合わせ
https://www.kadokawa.co.jp/（「お問い合わせ」へお進みください）
※内容によっては、お答えできない場合があります。
※サポートは日本国内のみとさせていただきます。
※Japanese text only

Printed in Japan　ISBN 978-4-04-112881-7　C0193

★ご意見、ご感想をお送りください★

〒102-8177 東京都千代田区富士見 2-13-3
株式会社KADOKAWA　角川スニーカー文庫編集部気付
「桜木桜」先生「clear」先生

継母の連れ子が元カノだった
Mamahaha
Tsurego
Moto kano
昔の恋が終わってくれない
紙城境介
イラスト/たかやKi
好評発売中!
実はまだ好き同士な
元カップルが親の再婚で
きょうだいに!?
第3回
カクヨム
Web小説コンテスト
《大賞》
ラブコメ部門
「僕が兄に決まってるだろ」「私が姉に決まってるでしょ?」親の再婚相手の連れ子が、別れたばかりの元恋人だった!? “きょうだい”として暮らす二人の、甘くて焦れったい悶絶ラブコメ——ここにお披露目!
スニーカー文庫